U0028185

夜不語
詭秘檔案

夜不語
詭秘檔案

夜不語
詭秘檔案

夜不語
詭秘檔案

夜不語
詭秘檔案104
Dark Fantasy File
腳朝門

夜不語 著 Kanariya 繪

CONTENTS

自序

第幾次為《腳朝門》寫序了？

這個真的有些不記得了。

《腳朝門》屬於《夜不語詭秘檔案》的第一部，第一部出了許多版本。我在寫這本序的時候，約略數了數書架上的《腳朝門》的樣書。

真的很多。

台版三次、泰文版、日文版、韓文版，甚至大陸簡體版都寫了兩次，也快要寫第三次了。一本書出了不止九個版本，寫過九次序言。感覺自己已經寫麻木了。

這次沒扯遠，不過還是將話題拉回來吧。

《腳朝門》這個故事是我的第一本採用了心理暗示類寫法的恐怖小說，之後的《鞋對床》等等故事，同樣採用這種寫法。或許今後我的許多小說，都會在心理暗示層面敘述恐怖。

不過《夜不語詭秘檔案》的老讀者也清楚，最近我迷上了空間類型的寫法，所以都使用封閉、禁閉和異空間的敘述方式在描寫劇情。

自己寫得樂此不疲。當然，也不知道大家看厭了沒有。看厭沒看厭，都請容我在這裡嘮叨嘮叨吧。

《腳朝門》寫於二〇〇四年，距今十三年了。十三年來，我的人生和老讀者的人生，都改變了許多。

從第一個版本開始跟隨我腳步的老讀者，大概都從大學畢業、進入社會，有的已經娶妻嫁人，結婚生子了。

我在這十三年中，也同樣從單身狗進化成了餃子爸。進化了好幾個位階。當然，身材也進化了……（哭）

《腳朝門》的故事內容沒有變。《腳朝門》中的主線劇情，依然沒有揭開最終的答案。我一直在想，應該讓夜不語再次回到黑山村，把事情解決了才對。

這一想，就是十多年。

加上最近諸事纏身，寫稿的速度越來越慢。不知要到多少歲，才會將這《腳朝門》的故事完全結束。

當然，寫《腳朝門》這個故事時，自己也沒想到，《夜不語詭秘檔案》系列，會成為長盛不衰的人生系列。寫了十三年還沒寫完，大概，甚至還要寫十三年，二十三年呢。

既然還要寫那麼長的時間，還有夠多時間和大家聊的呢。

那麼，下個新版，我再繼續和大家嘮叨吧。

夜不語

腳朝門
Dark Fantasy File

在講述這個故事之前，我想先畫蛇添足，解釋一下腳朝門的意思。所謂的腳朝門，顧名思義，從字面上就看得出來是用雙腳對著門。

當然，要完成這個動作，一定要符合三個條件：一、要有一對活生生的雙腳；二、要有門；三、睡覺的時候，一定要睡在雙腳可以正對著門的方向。

如果你睡覺時符合上述三個條件的話，那麼恭喜你。

你隨時都會……

死掉。

楔子

夜，又是一個安靜而祥和的夜晚。秀雯獨自躺在床上生著悶氣，原因？當然是又和自己那個古怪的男友吵架了。說起自己的男友就一肚子氣。算起來，他也是這個鎮上小有名氣的心理醫生，可不知為什麼，偏偏就是不懂自己的女朋友在想什麼。

「臭李庶人，死李庶人，信不信哪天我真死給你看！」秀雯賭氣的將枕頭丟在地上，大聲喊道。

就在這時，門鈴響了。看看牆上的掛鐘，已經凌晨一點一刻了。

「那個死人，這麼晚了才想到來向我道歉。哼，我才懶得幫他開門呢！」雖然口裡是這樣嘀咕著，但她還是立刻爬下床，滿心歡喜的向大門走去。

一個穿著黑衣的高大男人倚在門框上，靜靜地站在外邊。秀雯嘟著嘴，裝出生氣的樣子，高聲說：「就算我幫你開門，也不代表我會原諒你，今天你真的是太過分了！」

她背過身向床走去。那個男人依然默不作聲，只是靜靜地走進了房裡。他走到她身後，左手用力地抱住了她的脖子。

秀雯輕輕地呻吟了一聲，正想轉過頭望他，不經意間突然看到了地上的影子。他、他的右手裡拿著一把細細的尖刀。

「你要幹什麼！」她驚聲叫道。

只見身後的他，嘴角綻放著令人毛骨悚然的微笑，他漠然、熟練，而且毫無猶豫的將尖刀刺進了她的脖子裡。她眸子中看到的最後一個景象，竟是一片鮮紅。那，是她自己的血。

「啊！」秀雯滿臉煞白的從床上坐起，她不斷地喘著氣，思緒依然還痛苦地困在因夢境引起的恐怖感中。

「夢！原來是夢！」秀雯喃喃自語著，內心卻絲毫沒有任何欣慰的感覺。

怎麼會做這種夢？太真實了！真實得可怕！她爬下床，剛想去沖個冷水澡，清醒頭腦，就在這時，門鈴響了。

一股莫名的恐懼爬上心頭。她死盯著門，突然感到近在咫尺的門，竟然透著一種無法形容的詭異。這種詭異帶著強烈的誘惑力席捲了自己，控制了自己。秀雯伸出手，慢慢的向門伸去……

午夜，牆上的掛鐘，在黑暗中滴滴答答地走著，最後，它停住了，不偏不倚地停在凌晨一點一刻。

第一章 監囚

許多人都說過，這個世界的一切都是公平的，但是我從來都不以為然。其實公不公平又有什麼意義呢？就像水中的魚兒一樣，你知道牠有眼淚嗎？或許牠有吧，那麼，你又會不會清楚地看到牠哭泣的時候？沒錯，你不可能看到，因為你永遠都不可能分清楚什麼是水，什麼是淚……

我叫夜不語，一個窮極無聊，又極度陰鬱的男孩。我有旺盛的好奇心，或許正因為如此，我才會遇到許多離奇而又詭異的事件吧。

腳朝門，不入生門入死門，其實在整理「腳朝門」事件時，我曾短暫的猶豫過，這個事件在許多人看來，或許並不算恐怖，但卻離奇和詭異。

也正是因為它的離奇和詭異，我才將主要著墨的點轉移，放棄了從前那種妖異寫法，第一次毫無花俏的平鋪直敘。但不要以為這樣就缺乏吸引力，不！慢慢翻看下去，它甚至會吞噬你的靈魂……

古經綸有云：「上有神數七兆八千五百億的神，下有佛數九兆億的佛。舉頭三尺有神明。」

不管它原本的意思是什麼，但能不能用來說明，一個人身上會發生偶然的機率呢？

「蘋果」事件後過了半年，瀕臨崩潰的我，才好不容易重新振作起來，開始正常的高中生活。而那個偶然發現的黑盒子，自己也隨手丟到雜物櫃的角落，和那時的記憶一起塵封起來。

原本以為，生活可以這樣庸庸碌碌的不斷延續下去，但是，該來的，還是無法阻擋的到來了。

□

「警官，你覺不覺得這個世界充滿了罪惡？」口供室裡，那個嫌疑犯嘿嘿笑著，「我有。每當我面對自己的病人時，總感覺他們很骯髒！就像榴槤一樣，不管有多美味，還是掩蓋不了本身那股腐爛的臭味。嘿嘿，警官，我聞到了，你也有那種腐臭，比屍體還難聞！」

王哥沉著臉，不耐煩地問道：「臭小子，不要再給我耍花槍了。快說，張秀雯是不是你殺的？」

那個嫌犯悠閒地緊靠在椅背上，仰望起天花板，好久，才慢慢道：「其實你根本就不想當什麼員警吧！這種工作累，薪水又少，而且每天都很危險，你非常討厭這種刺激！」

他坐起身，用洞察一切的目光直視王哥的眼睛，沉聲說道：「其實你一直都在考慮轉行，可惜你高中畢業就進了警校，然後便被分配到這個名不見經傳的小鎮上。你沒有其他的文憑，所以你一直都害怕自己辭職後，會養不活自己，更養不起你的家庭！」

「夠了！」王哥皺著眉頭，一副忍耐就要到極限的樣子，「這裡是口供室，是我來問你！不是讓你來問我！」

那個嫌犯毫不在乎地笑著，繼續說道：「你有想過要貪污。嘿嘿，但是你的官職和權力太小了，而且你也怕事蹟敗露，那樣一切都完了，前途還有家庭，你的膽子其實遠遠沒有你自己想像的那麼大，所以當你有了孩子後，你決定要順其自然。你為自己買了高額的保險金，你認為如果自己有一天殉職了，至少還可以為自己的妻子和兒子留下一大筆安家費。」

那個嫌犯深深地吸了口氣，用憐惜的口吻說：「你的人生多麼卑微，多麼骯髒，就像蟑螂一樣，每天都苟延殘喘地活著，這樣的人生有意義嗎？你是不是有想過，死了，都比活著好呢？」

「媽的！」王哥握緊拳頭，慢慢地站起身來。

「靠！」在旁監看的同事見勢，立刻急忙衝進口供室，抱頭的抱頭，抱腳的抱腳，拉住了他。

「滾開！你他媽的讓我閹了這個王八蛋！」王哥一邊怒吼著，一邊用力朝那個嫌犯的方向亂踢。

□

「你看到了吧。」表哥夜峰咳嗽了一聲，轉頭望望我，沉聲道：「這就是李庶人，今年二十四歲，鎮上唯一的心理醫生。他有一個親密的女朋友，叫做張秀雯，五天前的深夜，她在自己租的公寓裡被謀殺了。兇手用一把非常鋒利的刀，殘忍的將她的脖子切斷。在兇案現場，我們找不到被害者的頭部和兇器，初步懷疑是兇手將她的頭帶走了。」

「你告訴我這些幹什麼？」我皺了皺眉頭，到現在我都還相當困惑，自己為什麼會被唐突地請到分局監視室，來看這場鬧劇。

表哥絲毫不理會我的發問，自顧自地講道：「我們懷疑是李庶人殺了張秀雯。而且現在的證據也確實對他不利。第一，在發生兇案的前一天中午，李庶人的秘書看到他和張秀雯吵架。第二，在案發的時候，李庶人完全沒有不在場證明。但很可惜，我們一直都找不到兇器和死者的頭部，所以沒有足夠的證據起訴他。再加上他是個頗厲害的心理醫生，我們無法在他的口供裡討到任何便宜——」

「那你應該去找七哥吧，他不是你們警局的犯罪心理學家嗎？」我頗為不耐煩地打斷了他的話。

表哥頓時滿臉通紅起來，支支吾吾了半晌，才擠出幾個字：「你不是看到了嗎？七哥就像王哥那樣，都快要被那個傢伙給弄瘋了！」

我愣了一愣，突然想到了些東西，捂著肚子哈哈大笑起來。那一剎間，我明白了表哥找我來的理由，不過，那實在太過荒唐了！

「你猜到了嗎？」表哥等我笑夠後，小心翼翼地問。

「我拒絕。」我瞪了他一眼，毫不猶豫地答道。

表哥頓時張大了嘴巴，他緊張地說道：「算我求你，這可關係到我們這一區的聲譽，而且最最重要的是，還關乎我們的年終獎金！」

「就算你這樣說，我也沒辦法啊。」我撓撓頭，困擾地說道：「由我這個非警務人員來審問犯人，不是不合規矩嗎？況且我還只是個高中生而已！」

「沒關係，你不說，我們不說，又有誰會知道呢？況且等一會兒我們再幫你化一下妝，讓你成熟個五、六歲，到時候就算熟人都不一定能認出你了，更何況是那個素不相識的李庶人！」表哥用力地拍著胸脯，一副包在我身上的樣子。

我不置可否地聳聳肩道：「但是我從來沒有接觸過犯罪心理學這一類，而且我也不想步七哥的後塵。」

「絕對沒關係！我們對你有信心！」表哥拍了拍我的肩膀，信心十足地說：「你從小就很會搞心理詭計，這個警局裡，哪個沒有吃過你的虧？」

「你這算是誇獎我嗎？」我滿臉惱怒地瞪了他一眼。

「嘿嘿，當然是誇獎了。」表哥乾笑起來。

「好吧，我們還是乾脆的直接進入正題。」我坐下來，用中指輕輕磕著桌面，說道：「如果我答應幫你的話，我有什麼好處？」

「好處！你是說好處？！」表哥裝出滿臉吃驚的樣子：「我們都快做十八年的親戚了，幫這點小忙也要叫我給好處！」

我微微一笑道：「這似乎不是什麼小忙吧。首先，你們為什麼要找我，而不向上級申請，臨時調派一個犯罪心理學家來呢？」

「這是因為——」表哥支吾起來。

「是因為你們怕被上級知道吧。」我毫不客氣地打斷了他的話，「七哥身為一個犯罪心理學家，卻被一個嫌疑犯牽著鼻子走，甚至險些被他弄瘋，如果上級知道的話，一定會有人置疑他的心理學家資格，他甚至可能被炒魷魚。然後是你們，你們都被那個李庶人弄得神經兮兮的，害怕審問他，害怕和他說話，如果上級知道的話……」

「不要說了！」表哥抱著頭痛苦地呻吟了一聲：「不要說了，算我怕了你了。對！沒錯，你全說中了！你小子到底想要什麼報酬才肯幫忙？」

我愉悅地笑了起來，說：「其實我的要求很簡單，以後或許有些東西是我很想知道的，那時候希望你們能儘量給我個方便。」

「就這麼簡單？」表哥狐疑地看了我一眼。

我一臉無辜地說：「對啊，難道我會出什麼難題，為難自己的表哥嗎？」

表哥頓時爽朗地笑起來：「成交！哈哈，我的魔鬼表弟偶爾還是很可愛的。我看李庶人那個王八蛋要倒楣了。」

「我看是某人以後會有得忙了吧。」我一邊暗自笑著某個掉進了我的圈套，還以為自己得了便宜，一個勁兒幫我數錢的傻瓜，一邊透過單向玻璃，打量著口供室裡的李庶人。

這個傢伙異常冷靜地坐在椅子上，眼睛許久都不眨一下。聽表哥說，疲勞審問法對他絲毫沒有效果，他可以不吃飯、不喝水的就這麼坐上一天，甚至連廁所都不用去上。這樣的人，真的還算是人嗎？

我大有興趣的伸了個懶腰，站起身來。哈哈，看來最近都不會無聊了。

第二章 審訊

「你是誰？」

「李庶人。」

「你為什麼要殺張秀雯？」

「我殺了秀雯？憑什麼說是我殺的？警官，你有證據嗎？」

坐在他對面的我笑了，直視著他的眼睛，淡淡說道：「她是你女朋友吧？她死了，你為什麼還能這麼冷靜？」

李庶人絲毫沒有躲開我的眼神，唏然道：「世界上有哪條法律規定，女朋友死了不能冷靜？」他充滿血絲的眼睛中，絲毫沒有疲倦的神色，他精神順適，幾乎看不出這個傢伙已經有四十個小時沒有睡覺了，果然是個怪物。

我站起身來，說：「世界上有一種人，他們總喜歡把自己的感情埋藏在肚子裡，不管這種感情有多痛苦，他們都不願意表露出來。你是這種人嗎？」

李庶人抬起頭看了我一眼，慢條斯理地說：「你認為我是這種人？」

「沒錯。」我回答得很爽快。

李庶人突然大笑起來，哈哈大笑，就像聽到了一個絕世笑話般，笑得幾乎要掉了下巴。過了許久，他才強忍住笑意，譏笑道：「沒想到你還是個風趣的人。」

「彼此彼此。」我絲毫沒有惱怒，繼續說道：「你很厲害，只憑一張嘴就把整間警局都弄得神經兮兮。不過我有一個小小的疑問，為什麼像你這樣高學歷的才子，會到這麼一個名不見經傳的小鎮來開心理診所呢？到大城市裡，不是會有更好的發展機會和前途嗎？」

「你猜啊。」李庶人用狡黠的眼神盯著我，然後又用略帶嘲諷的語氣道：「不過我想你就算把頭猜爆也不會有答案。嘿嘿，就像我猜不到為什麼這個警局裡的瘋子們會讓你這種嘴上無毛的小鬼來審問我一樣。」

我微一吃驚，沒想到他只看了我兩眼就發現了我的年齡。該死，我就說那個一直都在幫死人化妝的吳哥靠不住嘛！用手撓了撓頭，我不動聲色地笑道：「其實你應該猜得到，既然是我來審問你，那麼就一定有辦法讓你說實話。」

「這麼有自信？」李庶人也笑了，只是嘴角依然帶著那絲令人討厭的嘲諷，就像在嘲笑我的自不量力。他深深地吐了一口氣，道：「年輕真好，年輕人就是這麼有朝氣。」

「你不過也才二十四歲，離老還很遠。」

「我？二十四歲？」李庶人眼神迷茫起來，他苦笑著：「二十四歲！對，我的確是二十四歲，唉，我也還很年輕。」

他這是什麼意思。怎麼這番話說得這麼亂七八糟的？就像他連自己的年齡也不敢確定似的！哼，他不會是想唬弄我吧？

我皺起眉頭，看了他好一會兒，李庶人突然抬起頭，對我笑道：「我沒有想要唬弄你，只是單純的情緒衝動罷了。」

我心頭又是一涼。這個傢伙，他竟然猜到了我在想些什麼。

「算了。」他嘆了口氣，喃喃說道：「小兄弟，你有沒有想過，這個世界很罪惡？」

「罪惡？」我心裡一動，知道好戲終於上場了，「對不起，我不覺得。」

「哈哈，所以說你還年輕。」李庶人用低沉的聲音道：「這個時代的人喜歡用兩分法，把人類分為兩種人，男人和女人，好人和壞人……哈哈，他們認為這兩種分法是絕對的，但是真的是絕對嗎？男人可以變性做女人，而好人也會因為某些事情變成壞人。這樣看來，絕對的分法，也是絕對不絕對的。」

「你想說什麼？」我眉頭大皺。

「沒什麼。只是，你不覺得很罪惡嗎？」

「哼，這有什麼好罪惡的，哪裡罪惡了？」我冷笑道：「你這番不明不白的話，我怎麼可能聽得懂？」

「不，你應該會懂。總有一天會懂的。」他突然坐直身體，直視著我的眼睛，「你有沒有聽過這個心理謎題，是一位心理學大師臨死前向他的學生提出的。

「他問他的學生，如果有一個人，他是個狡猾奸詐的惡棍，他心機很深，一生都為一個極大的陰謀而偽裝成紳士。他做了一輩子的紳士、好人，這一生中從沒有做過任何壞事，假設他就快要實現自己罪惡的陰謀時，突然暴斃，那麼，你說他是好人還是壞人呢？」

我毫不猶豫地答道：「嘿，這還不簡單，他當然是……」呼之欲出的答案，突然啞然而止，我竟然感到頭大起來。

沒錯，他是好人還是壞人呢？是好人，因為他平生做的都是善事，但是他分明是有目的才做好事的！那算他是壞人好了，但是……但是，他又並沒有做過任何壞事，唉，這個問題，分明就像世界上是先有雞還是先有蛋的謎題，根本就不容易有答案！

李庶人意味深長地笑著，臉上流露出一種莫名的狂熱，「你也感覺到了吧！你不覺得，世界的一切都很罪惡嗎？」

我滿臉蒼白，過了好一會兒才搖搖頭，緩然道：「我知道你想說明什麼，但是這並不代表有什麼罪惡。」沒錯，我的確明白了李庶人向我提出這個問題的含義，他想向我透露自己的想法，一個否定一切的想法。

我頓了頓又道：「或許世界上所有的人為善為惡都有自己的目的，但是這都很正常，誰做事沒有目的了？而且就算有些人做盡壞事，這並不代表他只是為了一己私欲吧。」

李庶人臉上的狂熱頓時黯淡下來，他大失所望的又看向天花板，似乎再也不屑看我一眼，沉默了許久他才冷冷說道：「你走吧，從現在起，我不會再和你說一個字。」

□

「有沒有搞錯，他說不會再和你說一句話，你就真這樣走了？」表哥夜峰吃驚得差點掉了下巴，「你這小子什麼時候變得這麼好搞定了？」

我懶洋洋地說道：「我也沒有辦法啊，你應該看得出來那傢伙絕對不是一般人。他說不會和我再說一個字的話，我敢打賭就算我坐在裡邊一百年，他都會老老實實的裝啞巴，而且這次審問也並不是沒有收穫，至少我確定了一點。」

「好兄弟！」表哥頓時喜笑顏開的拍著我的肩膀，低聲問：「你確定了什麼？」

「李庶人不是兇手。」

表哥吃驚地問：「他不是兇手？那個滿嘴都是什麼世界罪惡的傢伙，竟然不是兇手？你搞到了什麼證據嗎？」

「沒有，完全靠第六感！」我天真的對他笑起來。

「第……第六感！」表哥的臉上飛快的流露出收張不遂的樣子，他掐著自己的喉嚨幾乎跳了起來，很顯然是在努力的壓抑自己，不喊出那句問候我老媽、他姑姑那句不太文明的話。

走出警局，我的笑容頓時全部收了起來。李庶人，這個傢伙真的很有趣，嘿嘿，看來我有必要仔細的調查調查他了。

第三章 不老人（上）

又是個陽光充足的盛冬，窗外的熱度透過可憐的單層玻璃滲透入教室裡，讓人不由得生出一種昏昏欲睡的煩悶。

我伸了個懶腰，眼神從已經偷看了好幾堂課的資料上移開，憐惜地望向講臺上一邊打哈欠，一邊唾沫四濺的物理老師，嘆了口氣。

從表哥那裡拿到關於李庶人的資料，我反反覆覆看過了好幾遍，只得出一個結論——他是個非常簡單的人。

一年前，他來到這個鎮，開設了一家私人心理診所。半年後，開始和張秀雯交往。他的生活非常規律，早晨五點起來晨跑，六點半吃早飯，八點半回到診所裡開始營業，一直到下午六點才結束。據他的秘書說，他從來不午休，也沒見過他吃午飯，還說李庶人一直對張秀雯很好，他們很少吵架。

附近鄰居對李庶人的評價非常高，誇他是絕世好男人。有些老婆婆、老奶奶甚至還十分氣憤地罵員警抓錯了人，說像李醫生這麼好的人，怎麼可能是殺人犯？

我苦惱的用手指輕輕敲擊著課桌，不住地思考，突然，一團紙從右邊飛過來，準確無誤地打中了我的頭。正氣不打一處來的我猛地轉過頭去，想看看是誰這麼大膽，居然做出這種無異於太歲頭上動土、老虎屁股上亂摸的大膽行為，結果差些碰到沈科那露出滿臉噁心獻媚笑臉的頭。

「幹什麼！」俗話雖然說拳頭不打笑臉人，不過依然擋不住我的惡聲惡氣。

沈科嘿嘿地笑著，看得出他的心情非常好，「小夜，今天中午我終於和小露約會了。她對我好熱情，真的好熱情，在街上還主動挽著我的手。天哪，你相信嗎？是那個徐露，我一直都在暗戀的那個徐露！她竟然會主動挽著我的手！」那傢伙眼睛發出幸福的光芒，手抱在胸前陶醉，似乎正一次又一次地回想中午的事情。

「喔，沒想到那個小妮子這麼開放。」我頭大地看了這白癡一眼，不經意間在他外衣的肩膀上，發現了一小團略顯黃色的痕跡，梢一思索，忍住笑問道：「你的徐露最近好像感冒了吧？」

「對啊。今天中午就是去陪她買感冒藥的。有問題嗎？」沈科大惑不解地看著我。

我搖搖頭，繼續問道：「那麼她在挽住你的時候，有沒有做過類似想要將頭靠到你肩膀上的舉動？」

「你、你怎麼知道？」那傢伙吃驚得幾乎要叫出聲來，眼睛一翻，懷疑地問道：「你小子，不會就跟在我們後面吧！」

「我哪有你這麼無聊。」忍住想要踢他一腳的衝動，我嘆了口氣，同情地拍了拍他的手臂道：「革命尚未成功，同志仍需努力啊！」

沈科狐疑的又看了我一眼，見我不願再做過多的解釋，便又幸福的陶醉在中午那短暫的良辰美景中了。

我苦笑著將視線從他那有著古怪笑意的臉上轉回來，繼續用手指輕敲著桌面，考慮是不是該把略帶殘酷的真相告訴他？

不過，這個念頭立刻便被自己打消了。我這個人雖然不怎麼識趣，但還不至於那麼殘忍，殘忍到要去破壞一個正值青春期的男孩那可憐的幻想。

唉，不過無常的世事也往往就是如此，不論遇到再微小的事情，人也總是會往好的方面想像，可惜那樣的想像，往往和事實相差甚遠，就像沈科中午和徐露的約會一樣，我敢肯定事實絕對不是他想的那樣。

從種種跡象看來，一定是走到半路，感冒的徐露鼻涕流了出來，但身上的衛生紙不巧都用光了。這個愛美的女孩情急之下，只好臨時借用某個傻瓜的外衣當作抹鼻布，而且為了不讓那傻瓜發現自己的企圖，女孩先是挽住了那傻瓜的手，然後再慢慢的將頭靠在那傻瓜的肩膀上，溫柔而又文雅的，慢慢將自己的鼻涕，全賞賜給那件倒楣的外衣。

我甚至還可以確定徐露陰謀得逞後，還抬起頭，露出自己乾淨而白皙的臉，對那傻瓜可愛地笑了一笑。不過這傻瓜就慘了，我眼睛朝右邊瞥了一眼，只見那傻瓜抬頭仰望著天花板的白熾燈，還在那兒一個人不住地癡笑著。唉，可憐的人。我看這種情況下就算我告訴他實情，他大概也是不會信的。

「對了，最近你在研究有關李庶人謀殺自己的情人的事情吧，有什麼新的進展嗎？」沈科像想起了什麼，突然問道。

我立刻苦惱起來，「完全沒有任何發現，從警局拿到的資料，跟李庶人有關的部分全都很正面，幾乎要把他描述成了一個聖人。再調查下去，我這個無神論者都快要相信世界上真的有神存在了，至少李庶人就是耶穌基督的轉世，靠，如果能弄些他作奸犯科的資料就好了！」

「小夜。」沈科用像在看神經病的眼神看著我，低聲說道：「你昨天不是說李庶人不是兇手嗎？既然他不是兇手，那麼對他有利的資料越多，不是越容易幫他脫罪？你查他作奸犯科的資料幹什麼？」

我哼了一聲，「我可沒想過要幫他脫罪，況且警方手裡的證據也判不了他任何罪，最多拘留他四十八小時罷了，那傢伙應該昨天一早就被放出來了。不過李庶人……我總覺得他很古怪，而且這起事件絕對沒有想像中的那麼簡單。」

沈科苦笑了一聲，「我倒是覺得你這個人最古怪，好奇心氾濫得越來越不像話了。」

「承蒙誇獎。對了，你也把這些東西看一遍吧，我想聽聽你的想法。」我將課桌上的資料遞了一部分給他，「看完後我請你喝咖啡。」

「好，就衝著你的咖啡，我拚命也要把這些厚得像辭海的東西看完。」沈科大義凜然的用手在那堆厚厚的資料上拍了一拍，突然陰笑道：「能不能順便也請小露。」

我用手撐住頭對他笑起來，「你是不是還希望我能在她出現後，自動識趣地買單滾蛋？」

「小夜！你太看不起我了，我會這樣對待朋友嗎？」沈科義憤填膺地說，臉色突地一變，搓搓手笑嘻嘻的又道：「當然你能這麼做最好了，嘿嘿。」

「你這傢伙，真是越來越犯賤了。」我狠狠地踢了他一腳，惡聲惡氣的說道：「快點看，下午的課結束前你小子還沒看完，當心我讓你明天早晨找不到腦袋洗臉。」

滿意地看著他委屈的將視線定格在資料上，我低下頭又一次思索起資料上記錄的每一個細節。

李庶人，男，二十四歲。十九歲時考入著名的大學，就讀心理學系。兩年後，也就是他二十一歲時，破格取得心理學碩士學位。在每個人都以為李庶人還會繼續深造的時候，他竟然放棄了學業，去了離這個鎮不遠的黑山鎮，然後一年前又來到了這裡。

越往下想，我就越是頭痛。從資料上看來，李庶人這傢伙似乎很有個性，也很有主見。但是換一種說法，也可以說他為人古怪。

從一般人的認知角度上判斷，李庶人很笨，笨得會在人人羨慕的事業學業高峰期，放棄一切，跑到一個名不見經傳的小地方龜縮起來，甘願過那種根本就不應該適合他的貧寒生活，這在一般人的邏輯上是很不可思議的！但是李庶人卻偏偏這樣做了。

哼，一個可以在兩年內讀完大學，而且直接取得碩士學位的人，縱使不是個天才，那麼至少也該是個聰明人。雖然我和李庶人接觸不多，但看得出他確實是個聰明人，甚至比大多數人更聰明，無疑，這種人不應該會幹出這種蠢事，但是他又確實幹了……唉，我的老天，這傢伙表面看起來很單純，但深入探究，他的行為卻有些說不出的奇怪。

究竟是什麼讓他放棄了學業，甘願跑到這裡來開心理診所？我相信一個聰明人幹任何事情都絕對有他的目的，那麼他的目的是什麼？難道是有什麼讓他不得不待在這裡的羈絆嗎？

「咦，奇怪。」沈科咦了一聲，用筆使勁地戳我的胳膊。

「有什麼發現？」我立刻將耳朵湊了過去。

「根據資料上說，李庶人是二十四歲吧？」沈科胡亂翻動資料，猶豫了一下，繼續說道：「但是看他的日常起居，總讓人覺得他實在不像是這個歲數的年輕人，更像個七老八十的老頭子……」

還沒等他說完，我早已忘掉了自己還在上課，滿臉震驚的從座位上站了起來。

「對了！這就對了！難怪我總覺得他的生活規律得古怪，原來是這樣！」我忘我的用右拳敲著左掌，大聲說道。

整個教室頓時鴉雀無聲，每個人都若有所思的，用古怪的眼神看著大發神經的我。

突然，一根粉筆準確無誤地打中了我的頭。「各位同學，有誰知道瘋人院的電話號碼？」李閻王拍拍手上的粉筆灰，瞪了我一眼，「夜不語，現在給你兩條路走，一是進瘋人院，二是把你手上的物理課本抄五遍，明天早上交。」

「有第三個選擇嗎？」我厚著臉皮問。開玩笑，抄五遍物理課本，不通宵才怪。我哪有這個美國時間？今天晚上我還想去張秀雯的死亡現場實地考察呢。

「當然，你想記過的話，我也不會介意。」李閻王無所謂地聳了聳肩膀。

「我抄書。」我神情沮喪地丟盔棄甲，投降了。

第四章 不老人（中）

「對不起，我來晚了。」

徐露推開咖啡廳的玻璃門，在沈科身旁的位置上坐了下來。

「沒關係，男人等女人天經地義嘛。」

沈科一邊做出一副絕世好男人的噁心模樣，一邊一個勁兒給我使眼色，要我識趣點兒早點滾蛋。

我裝作沒有看到，慢慢地啜了口咖啡，說道：「那個李閻王太狠毒了，竟然罰我抄那本該死的物理課本五遍。」

正喝著熱咖啡的徐露一聽，差些沒把嘴裡的咖啡全吐出來。她用勁地捶了捶自己的胸口大笑道：「小夜今天下午好秀逗，全班都在笑你，不過沒想到你修養那麼好，竟然連臉都沒紅一下。」

「就是，就是。」沈科拚命吞下一大口咖啡，飛快地插嘴，「如果換了是我和小露的話，早就挖個洞把自己給埋進去了。雖然我一直都知道小夜的臉皮比較厚，不過沒想到竟然會厚到這種程度。」

「哼，你們還說。」我狠狠盯了一眼坐在對面一唱一和，奚落我的那兩個王八蛋說道：「全班笑得最大聲的，就數你們兩個傢伙了。就為了這點都足夠判你們死刑。不過看在我今天心情比較好，罰你們幫我把那五遍給頂下來。」

「想得美。李閻王又不是傻瓜，看到罰抄的本子上有幾個人的筆跡，他不發現才怪。」沈科撇了撇嘴。

我笑起來，「我也不是傻瓜。所以我希望你們其中，能有一個人主動申請，幫我把這五遍書抄完。」

「打死我都不幹。」徐露迫不及待的表明了立場。

「我絕對不願意。」沈科看了一眼自己的咖啡杯，突然恍然大悟地瞪著我道：「小夜，你不會以為，只憑這一杯小小的咖啡，就可以賄賂我幫你抄書吧！」

「我像是這種人嗎？放心，你願不願意這次都是我請。」我盯著徐露，大有深意地笑起來：「我相信美麗不凡、冰清玉潔的小露小姐，一定會毫不猶豫地幫我這個忙。」

看我說得這麼肯定，徐露愣了愣，似乎正努力的在自己腦子裡搜索，看是不是有什麼把柄落到了我的手裡。

「沒有啊。」她低聲咕噥著，隨後抬起頭，毫不猶豫地說：「我才不要。」

「真的不願意？」我悠閒地喝了一口咖啡。

「不……不要。」回答明顯沒有剛才那麼流暢了。

「真的？那就算了，我也該走了。」我拿起帳單站起身，在走過她身邊時，將嘴湊到她耳邊輕聲說道：「下次不要再用沈科的外衣抹鼻涕了，那傢伙的衣服很粗糙，會傷皮膚的。」

徐露頓時全身僵硬，死命地忍住想要驚叫的衝動，咳嗽了一聲，大聲說道：「小夜，把物理課本和作業簿留下吧。我想通了，幫助朋友絕對是義不容辭的事情！」

「妳不愧是我的好朋友，悟性就是高！」我拍了拍她的肩膀。

徐露一邊在嘴角努力擠出上彎月形的笑臉，一邊用殺死人的哀怨目光瞅著我說：「我還覺悟到……小夜你這個魔鬼……一輩子也不可能找到女朋友！」

「哈哈，那就不勞妳這個好朋友費心了。」

我衝她笑了笑，向門外走去。

□

張秀雯，二十二歲，獨自住在鎮東。她不是本地人，兩年前從黑山鎮獨自到這個小鎮打工。同年偶然結識了李庶人，然後他們開始交往，資料下邊，還有一行小字，是表哥夜峰的批註，「紅顏薄命，這麼年輕就死翹翹了，真讓我這個單身未婚男人聞者傷心、見者流淚。唉，世界上又少了一個美女，嗚嗚，我又少了一次機會。」

「靠，這個色鬼！」我苦笑著從資料裡抽出張秀雯的照片，看了一會兒，嘖嘖說道：「果然是個美女，可惜了！」

資料裡還有張秀雯死亡現場的照片，血噴得到處都是，驗屍報告上說，她身體其他部位並沒有任何外傷，唯一的傷口在頸部，一刀致命、乾淨俐落。

從照片上看來，頸部的切口十分平整，很容易判斷出，是用非常鋒利的刀造成的，而且那把刀並不算大。

這個判斷，是出自傷口上有至少五次切割痕跡，兇手應該是從張秀雯背後下手的。第一刀就割斷了她的頸部大動脈，等她的血放得差不多了，才優哉游哉的將張秀雯整個頭割了下來。

針對這種情況，我還曾和表哥討論過。

表哥認為有兩種可能。一是仇殺，如果兇手和張秀雯沒有深仇大恨的話，不會這麼殘忍的先放血，再將她的頭割下帶走；二是變態殺手殺人，如果是變態殺手的話，那麼張秀雯就是無辜受害者了，但是以張秀雯的家門並沒有任何破壞過的痕跡，受害者應該是認識兇手，所以才會幫他開門，也就排除了第二種可能性。

雖然嘴上沒說什麼，但是我也有自己的想法。

至少我絕對不會在半夜三更，幫一個和我有仇的人開門，而且還毫無防範的讓他站在我身後，將我一刀殺死。

不過這樣一想，李庶人的嫌疑就更大了，但不知為什麼，我的直覺就是不贊同李庶人就是兇手的觀點。

夜，下起了淅淅瀝瀝的冰冷冬雨，我從外套的衣領裡理出帽子，戴上，用嘴哈了哈凍僵了的雙手。

總算到張秀雯的家了，這裡還真是偏僻，幾乎快要出了郊外，附近的住戶少得要死，不過優點就是房租便宜。

張秀雯租的是一棟帶有歐洲風格的別墅，不大，但卻有種說不出來的陰森，特別是附近又沒有什麼燈光，小雨不斷打在屋簷上，響起了一陣陣噠噠的、規律得讓人煩躁的聲音。

不知什麼時候開始，周圍瀰漫的氣氛越來越詭異了？也不知道是不是因為自己知道那裡死過人，先入為主的產生了恐懼的感覺。深吸了一口氣，我慢慢跨過黃色的封鎖線，用鐵絲開門，走了進去。

這棟房子是簡單的兩房一廳格局，一進門就有種很不協調的感覺，真是個奇怪的女人，一般來說，剛進門的空間，屋主都會把它設計成客廳，但張秀雯卻偏偏把它佈置為自己的臥室，再往裡走才依次是客廳、書房以及廚房。

張秀雯是在臥室裡遇害的，房間很乾淨，看來警局封鎖解除後，有人來打掃過。

我明目張膽地打開所有的燈，在屋子裡四處徘徊，最後幾乎將臉湊到地板上，仔細瞅著，可是竟然完全沒有收穫，心情頓時沮喪了起來。有沒有搞錯，怎麼這裡乾淨到連一根頭髮都找不到？

「媽的，那個打掃房子的人一定有潔癖。下次我家要大掃除，我一定請他，清理得太絕了！」

我不滿地咕噥著關燈走人，隨手關門時，最後瞥了一眼臥室，突然一道靈光，像閃電般劃入腦海。

我激動的一腳將正要閉上的大門踢開，衝了進去。

不對，一定有不對的地方！剛才的一瞥，我怎麼有種房間變空曠了的感覺？從懷裡掏出張秀雯死時的照片，我一樣一樣的對照起來。

燈，沒有少；電暖爐，沒有少；兩張黑色單人靠椅、一張褐色的五人皮製長沙發，還有一張白色的席夢思雙人床。

咦，床的位置怎麼變了？

記得我第一次看照片的時候，還覺得奇怪的對表哥說，張秀雯的性格一定有問題，不然為什麼要將床正對著大門？

大凡中國的房間，大多只有兩種形狀，不是正方形就是長方形，而床的擺設也不成文的放在房間的中間，或者比較靠近門的地方。

就說張秀雯的臥房吧，是標準的長方形，大門在最左邊，而她卻偏偏把床擺放在最右邊，放在那裡也就罷了，但她還要把床斜放，形成一條對角線，這樣一來不但佔空間，而且睡覺時雙腳剛好很不協調的朝向門，我還說如果叫我這樣睡的話，我一定睡不著，總覺得腳底會寒。

但是現在床明顯換了位置，雖然還是在房間的右邊，但卻順著牆放正了。

我緩緩地走到床邊，坐了上去，清潔公司的人是不會在沒有主人允許的情況下，隨便更動傢俱擺設的，那麼今天來打掃房間的，就一定不會是清潔工。

對了，今天早上李庶人應該被放出來了，難道會是他？我微一思索，隨手拿起床邊的電話，撥了幾個號碼。

「小夜？我正要找你！你在哪？」表哥似乎正在和誰爭吵，電話裡的聲音有些古怪。

「找我？幹什麼？」我皺了皺眉頭。

「不要問那麼多，立刻到我這邊來一趟。」

「到底發生什麼事了？你不說清楚，鬼才會深更半夜跑到你那兒去。」

電話那邊沉默了一陣，表哥夜峰嘆了口氣說道：「李庶人自殺了。」

第五章　不老人（下）

李庶人自殺了！他竟然自殺了！一直到了警局，我混亂的大腦都還沒有反應過來「自殺」這個詞到底是什麼意思？但毫無疑問，剛以為有了點頭緒的線索，全部被「自殺」這個詞打得支離破碎。

「我們一個小時前接到報案，在李庶人家中發現了他的屍體。法醫判斷他死了大概四個小時左右。全身沒有外傷，致命原因是服用過量的安眠藥，他是自殺的。」表哥簡單明瞭的說道，臉上帶著一絲不容易掩蓋的疲憊，「而且我們還在他的床底下，找到了張秀雯的頭和一把加長的刮鬍刀，可以判定是他殺了張秀雯後，受到良心的責備，最後吞安眠藥自殺了。」

「就這些嗎？」我心不在焉地問道。

「就這些。」

「但是我覺得你還有什麼瞞著我。」

我突然抬頭，緊緊盯著他的眼睛。

果然表哥的眼睛立刻就移開了，那是他心虛的表現，從小他就這樣，一說謊眼神便閃爍不已，不敢正視別人的眼睛，真不知道他怎麼從警校畢業，還爬上這個位置的。

「我沒有什麼瞞著你。」表哥挺起胸口，有些激動的大聲說道：「這件Case結束了，破案了，了結了！我告訴你這些，只是希望你不要再浪費時間去調查。」

我輕輕地哼了一聲，「我不懂，這件Case還有很多疑點，怎麼可以就這麼草率的結案？這不像你一貫的作風吧？」

表哥有些惱怒，他狠狠地拍了拍桌子，叫道：「到底你是員警，還是我是員警？我說這件案子已經結案了。如果讓我知道你還在私下調查，不要怪我不顧情面，對你不客氣！」

我愣住了，自小以來還是第一次見表哥發這麼大的火。我冷笑一聲，用手撐著桌子站起身淡然道：「是！『警官』！哼，就當我這十幾年來看錯你了。」

去死，那個臭夜峰，還敢在我面前擺架子，真想一腳踹到他臉上，強迫他說老實話。

我忿忿然地回到家，躺倒在床上，心裡越來越好奇了。

究竟警局在李庶人身上發現了什麼？

到底是什麼發現，可以讓那個天殺的夜峰，對我的態度有了一百八十度的轉變？

到底那傢伙隱瞞了我什麼事情？

越深入想下去，越讓我感到莫名煩躁。

我一個鯉魚翻身坐了起來，嘿，其實想要知道真相，並不是不可能，我還有個方法，只是稍微有些風險罷了……

□

圍繞著張秀雯的死，有一大堆讓人頭痛的謎團，本以為關鍵應該就在李庶人身上，但沒想到他竟然自殺了！

所有的線索像繃緊的線一般，一頭突然斷掉了，線頭反彈回來，變成了充斥在我腦中的一大堆亂麻。

現在我能想到的救命稻草就只有一根，便是李庶人的驗屍報告，在那傢伙身上一定有什麼問題，不然表哥不會強迫我罷手。我不笨，當然也不會笨得看不出，表哥之所以會發那麼大的火，必定事出有因，恐怕警局在李庶人身上發現了某種東西，某種有著極大危險性的東西。

哼！不過那個夜峰也太小瞧我的好奇心了，我會是那種怕危險，就什麼事情都止步不前的人嗎？

「喂，死小夜，這麼晚叫我出來幹嘛？」沈科打著哈欠來了公園，他搓著手看了看腕上的手錶，「快要十二點了。好冷，沒有好理由當心我揍你。」

我衝他笑道：「如果我邀請你，跟我一起進警局偷東西，你認為是個好理由嗎？」

沈科那傢伙死命地盯著我，像在看一個瘋子。過了好一會兒，他才使勁的掐了掐自己的臉，大聲咕噥道：「不痛！我就說嘛，哪有人會這麼神經，晚上要我到公園來，我又不是美女，果然是在做夢。」

他轉身就想要溜掉，被我給一把拉住了。

「開個小玩笑罷了。」我獻媚地嘿嘿笑道：「事實上，我是想請你幫我個小忙。」

「一定是什麼危險的事，我不幹。」

沈科想都不想，就搖頭。

我從口袋裡掏出了一大疊帳單，在他面前晃著，說道：「最近一個多月，每次出去都是我幫你付錢，謝謝，這是帳單。」

「哈哈……哈哈……」那傢伙頓時乾笑起來，「其實偶爾幫幫朋友的忙，也滿理所當然的……」

表哥所屬的警局就在公園附近，我要沈科去警衛室搗亂，趁著守夜的警衛注意力被分散時，潛了進去。

開玩笑，自從夜峰調到這個分局後，我就常常藉故跑來亂鬧，不知不覺都在這裡混了五年多了，分局裡的一切，如部門分配、房間位置，甚至所有監視器的位置，我都瞭若指掌，特別是在午夜過後，分局裡只有少數的警員值班，走廊上幾乎看不到人，這對我的計畫更加有利。

小心翼翼地躲開監視器，我溜到表哥的辦公室前。先敲了敲門，確定沒人後，才用鐵絲把那把爛鎖弄開走了進去。

表哥一直有把所有備用鑰匙都放在門後地毯下的習慣，我很容易就弄到了資料室的識別卡。

哈哈，一切都太容易了！

走進資料室，我關上門，得意地笑起來，以後有機會，一定要糗糗那個殺千刀的夜峰，那傢伙常常在我面前自鳴得意，說自己分局的防盜系統有多了不起，結果還不是這麼輕易的就讓我進到所謂固若金湯的警局資料室了！

說實話，雖然在分局玩了五年多，但這還是我第一次進警局資料室，打開自帶的手電筒環顧一下四周，其實這裡也沒什麼了不起嘛！

二十幾坪的房間，沒有窗戶，依著牆壁橫擺著十多組銀灰色的抽屜式資料櫃，很普通，根本就不像以前想的那麼神秘。

大量的卷宗資料，依照時間順序擺放，這倒是便宜了我，沒兩下就找到了李庶人的驗屍報告，我手捧著報告仔細看著，只看了一眼，就又震驚又氣憤地握緊了手。

哼！果然！夜峰果然對我撒了謊，撒了個彌天大謊！

李庶人當然不是死於過量安眠藥，他是被人謀殺的！

根據法醫判斷，他被兇手從身後攻擊，一刀致命，兇手用鋒利的短刀切開他的頸動脈，放血後再將頭割下來帶走。

犯案手法，完全和張秀雯一模一樣，這麼說，兇手有可能是連環殺手？

我苦惱地思忖了一會兒，輕搖了搖開始脹痛的大腦。

這篇驗屍報告寫得很長，完全不像法醫平常簡短精練的行事作風，突然一段文字映入眼簾，我吃驚得嘴一鬆，險些將咬在嘴裡的手電筒掉了下去，完全沒有想到，李庶人的身上，竟然會有這麼匪夷所思的秘密！

哼！看來我有必要立刻到他家去一趟，免得所有的線索，都被那些愚蠢的員警破壞掉了！

□

循原路偷溜出分局，沒想到沈科那傢伙還在警衛室裡蘑菇，我給他打了個眼色，他才依依不捨地走了出來。

「你跟五哥聊什麼，聊得這麼起勁？」我饒有興趣地問。

那傢伙眨了眨眼睛，「沒什麼，我只是向他問個路而已。」

「問路？」我狐疑地問道：「問什麼路可以問二十幾分鐘？」

沈科哈哈地大笑起來，「小夜，即使你聰明絕頂，不過有些事情就算解釋了，你也是不明白的。」他頓了頓又道：「剛才你表哥到警衛室來過。好險，幸好是我認識他，他不認識我。」

「哦？」我皺起了眉頭：「他說了什麼？」

「他吩咐五哥打起精神，不要被他的小表弟溜了進去，還說他那個小表弟好奇心大得可怕，認定了一件事，就算作奸犯科也會做到底。哈哈！說實話，你表哥真有些瞭解你，不過還不算太瞭解你，你的動作可比他想像的快多了。」

我哼了一聲，「不要以為這樣恭維我，我就會放你回去睡覺了，至少再陪我去一個地方。」

「什麼啊，我現在真的好睏！」沈科一邊大叫倒楣，一邊被我拖走了。

李庶人的家離他的診所不遠，是棟不大的老房子。警局不惜成本的亂拉警戒線，把房子周圍一百多公尺的地方全部圈了起來。

「這樣進去會不會犯法？」沈科遲疑地看著我。

我冷笑了一聲，「哪有那麼多法好犯，總之不要被逮到就好了。」說完，大搖大擺地踢開警戒線，走了進去。

兇手犯案時的現場，保留得還算完好。

李庶人是死在自己的臥室裡，不過我沒想到，他房間的格局，竟然和他女朋友張秀雯家裡一模一樣，都是進入大門後便是臥室。只是李庶人寢室裡的床，規規矩矩的靠著牆邊擺放，不像張秀雯家裡放得那麼奇怪，還有他遇害的地方整整齊齊的，只能判斷受襲時他完全沒有抵抗。

咦？奇怪！我猛地俯下身子，仔細地看著床腳。

床腳位置的劣質木地板上，居然微微印有大概三十多度的弧形擦痕，如果不是像我這樣先入為主就對床特別注意的話，還真難發現。

擦痕還是新的，大概是不久前移動床時，被鐵製的床腳劃的。

我大為興奮起來，招呼沈科和我一起把床搬回原位。

天！我呆呆地站在原地，眼睛死盯著床。那床原來的位置竟然……竟然是正對著門，這種情況完全和張秀雯家一模一樣！

「有什麼不妥嗎？」沈科看著興奮而發抖的我，大為好奇地問。

我搖搖頭，一屁股坐到床上。

到底是誰動的床？

張秀雯也好，李庶人也好，他們家寢室的床，為什麼都要擺放成正對大門的位置？又是誰在他們死後，將床搬回正位的？那個人到底有什麼企圖？他會不會就是這兩起兇殺案的兇手？

疑問一個又一個竄入腦海，我拍著頭，用眼睛不斷掃視四周。

不對！一道靈光突然閃入腦中，剛才在警局檔案室時，我看過現場照片，照片裡的床也是順著牆擺在正位的，那麼這床的位置應該不是兇手事後擺放的。

不過，也有可能……

我猛地跳下床，在剛才擺床的位置的地板上一個挨一個敲著。果然，有一格木地板是鬆的，我把它撬起來，底下露出了一張小紙條，上邊寫著一行地址，「黑山鎮六街十五號，我有東西寄在那裡，有緣人可取之。」

字跡很亂，看得出是很匆忙間寫下的。

我激動得渾身顫抖，皇天不負苦心人，自己的猜測果然是正確的，如果床真是李庶人移動的，那麼就有可能是他想隱藏某個秘密。但由於時間緊迫，這傢伙只好將其藏在床下的地板裡，這麼說來，難道他已經知道自己會死，而且他也已經有了死的覺悟？

那麼這個兇手又是誰？和他有什麼恩怨？為什麼要那麼殘忍的將他殺死？而且，他和張秀雯的頭到底在哪兒，真的在兇手哪裡？

「走，到我家去喝杯咖啡吧。」拋開已經混亂的思緒，我暗自下了個決定。

「都凌晨三點多了，我想回家……」

沈科剛想抗議，被我眼睛一瞪，嚇得欲言又止，只好垂頭喪氣的跟我走了。

回到家，泡了一壺濃濃的黑咖啡，我順手遞給沈科一張我剛寫好的便條。

「這是什麼啊？」沈科狐疑的接過來唸道：「敬愛的老師，由於我兒子昨天夜裡急性盲腸炎，現已留院做闌尾切除手術，特此向學校請假四週。」

「如你所見，普通的便條罷了，明天幫我把它交給老師。」我淡淡地說。

沈科頓時惡聲惡氣道：「這哪裡普通了？！」

我撓撓頭，拿回便條仔細看了一遍，恍然大悟的拍拍手，「對了，少了家長簽字！」大筆一揮，便簽上了老爸的大名。

沈科瞪大了眼睛，「你這又是發哪門子的瘋？」

「我明天要到黑山鎮去一段時間。」我喝了一大口黑咖啡，對他笑起來。

「你要去調查李庶人？為什麼？這是兇殺案吧，警方會處理這件事情的！」

「這不是普通的兇殺案。」我用手指輕輕地敲著桌面，說道：「我潛進警局的資料室，找李庶人的驗屍報告。你猜我在上面看到了什麼？嘿，是一件非常匪夷所思的事情。

「由於沒有頭，警方無法辨認死者的身分。於是收集了李庶人診所和家裡的毛髮做DNA鑑定，證實了死者就是他本人，而法醫在解剖他的屍體的時候，發現李庶人骨骼縫合上有問題，於是懷疑李庶人的實際年齡。但是你猜得到嗎，經過碳十二的測定，李庶人究竟有幾歲？」

沈科被我激動的表情嚇了一跳，條件反射的大搖其頭。

「八十六歲！他竟然有八十六歲！」我興奮的大聲說道，全身不住地顫抖。每次遇到了神秘事件，我的好奇心蠢蠢欲動時，全身都會激動地抖個不停。

「八十六歲？你說那個李醫生竟然有八十六歲？」沈科震驚地站起身來。

我點點頭，「同樣身為男人，如果你碰到了這種匪夷所思的事情，你會不會去探個究竟？」

沈科想了想，最後長嘆口氣，從我手上拿過便條，塞到了口袋裡。

「不知道幫這個忙會不會害了你，不過說真的，我被你打動了。」

第六章 漂屍

門，自古以來，便被視為是一種可以隔離惡靈以及不幸的屏障。

遠古時的人類從岩洞裡走出來，來到平原，學會修建屋宇後，為了將自己與危險的動物隔開，保護自己，所以發明了門。

但不知道從什麼時候開始，門開始變為一個人類隔開另一個人類、隔開自己對夜晚黑暗的恐懼、隔開是非黑白的孽障。

經過幾萬年文明的延續和發展，可以說，人類對門的本身早已產生了一種敬畏。將床擺放在睡覺時腳正對著門的位置，在風水學上是絕對的大忌。

不知道你有沒有嘗試過那樣睡覺，去黑山鎮前一晚，我試過，那晚我整夜都睡得不安穩，總覺得腳心很涼，不論蓋多厚的羽絨被，甚至將襪子都穿上了幾層，但我還是覺得腳心很冷。

那不是一般的冷，是冷得進入了骨頭，凍徹了靈魂，真搞不懂，李庶人和張秀雯為什麼要這樣睡覺，難道是有什麼特殊的意義？

到黑山鎮的時候，都已經下午四點過了。

這個鎮，離我居住的鎮的確不遠，但我萬萬沒有料想到，這裡竟然既封閉又與世隔絕。

公車開到離這個鎮二十多公里的地方，就改道了，我只好一個人下車，也算運氣好，半路上攔住了一輛牛車，不然，要我走這麼遠的山路，只怕路才走到一半，天就黑了。

「大叔謝了。」

我跳下車，一揚背包，按照那位大叔的指點，順著河向上游走。

河水很淺，但很清！河岸的風景十分秀美，這在被文明污染得一塌糊塗的世界裡，已經越來越少了。

我賞心悅目的邊走邊哼著小調，突然發現不遠處，獨自站著一個穿著白色衣衫，十六、七歲的女孩，女孩子對著河在哭，她呆呆地望著河面，滿臉傷痛欲絕，突然她向前走了一步，似乎想要跳下去。

我嚇得語無倫次的大聲叫起來，「喂！喂喂喂！妳！就是妳！」

那女孩轉過頭，驚詫的用手指了指自己，長長的睫毛上還沾著淚珠。

我三步併作兩步跑過去，喘著氣問道：「失戀了？」

女孩還是滿臉詫異，黑白分明的大眼睛一眨不眨地望著我。

竟然是個少見的美女！

我有些不知所措的撓撓頭，嘿然道：「這裡的水似乎太淺了一點，如果跳下去不但淹不死人，還會撞著頭，要自殺的話，我知道有個好地方，剛好離這裡不遠。」

那個女孩還是一個勁兒地呆看著我，在她的美目下，連一直號稱臉皮厚得可以拉車的我，也開始不好意思起來，只好在臉上保持服務業特有的上彎月笑容，又道：「要不，我帶妳去？」

「神經。」女孩的臉上終於有表情了，她狠狠瞪了我一眼，罵道：「你看我的樣子，哪裡像要自殺了？自以為是的傢伙！」

「我……」

剛想為自己辯護，那女孩又罵起來：「怎麼？不服氣嗎？本來就是你不對，我有親口對你說過我要自殺？」

「沒有！」被她一嚇，我條件反射地搖頭。

「就是嘛！那你憑什麼這麼武斷的認為我要自殺？難道一個人站在河邊就是要自殺嗎？她就不能幹點別的事？」

「可是妳在哭……」

搞不清狀況的我，完全被她牽著鼻子走了。

「哭又怎麼了？我不能是被風沙吹到眼睛裡了嗎？而且你又不知道我是不是喜歡哭，我偏是愛哭，高興也哭，不高興也哭，我現在就哭給你看。」

女孩口若懸河地謾罵著，突然噗哧一聲，本來充滿悲傷的臉上綻開了一朵笑容。

她像怕我見到自己笑的樣子，急忙背過身，深深吸了一口氣。

「罵完了？」被罵得頭昏腦脹、無地自容的我，小心翼翼地問。

「差得遠吶！」

看著被這句話嚇得想要在地上找洞鑽進去的我，女孩捂住嘴，開心的笑起來：「算了，本姑娘念在你年紀輕輕的分上，就大人不記小人過饒了你。我要走了，你給我在這裡好好罰站，思考一下自己到底錯在哪裡！」

有沒有搞錯，我夜不語難得發善心做件好事，不領情也就算了，還被這小妮子反咬一口，天哪，現在果然是世態炎涼，人心不古啊！

哼，這小妮子，看起來倒是人模人樣的，竟然那麼不可愛，可惜她有那麼好的身材和臉蛋了，真是氣煞我也！

那女孩絲毫不理會還在自我反省的我，從地上提起籃子向河下游跑去。

「對了，」沒跑多遠，她突然回過頭來，輕輕笑道：「謝謝你。」續而又轉身，踏著輕快的步子遠去了。

我如電擊般呆呆的站在原地，久久不能動彈。好美的笑容！那不露齒的顰掬一笑，竟然像傳達了千萬種含意似的，深吸了一口氣，風是甜的，是不是她柔順的長髮留下的幽香？或許，那個女孩並沒有想像中那麼不齒吧。我苦笑一下，將背包搭在肩上，繼續順河向上游走去。

沒有走多遠，狀況又出現了。

清亮的河面上，開始漂下許多稻草紮成的小人，那些小人順河水起伏著，有種說不出的詭異。

我加快了腳步，突然聽到上游不遠處，傳來一陣鬧哄哄的聲音。走近一看，竟是一群人不知在河裡打撈著什麼。

那些人踩在水裡，用很長的竹竿沿著岸到處刺探，似乎在搜索些什麼。河岸上還有個很老的女人邊慢慢走，邊不斷的將袋子裡的那些小稻草人拋進水裡，一旦有稻草人在河裡浮著不動，就有人飛快過去在稻草人的四周仔細的踩水。

「婆婆，你們在幹什麼？」我好奇心大起。

那個丟稻草人的阿婆瞪了我一眼，沒有開口。

不過，她身旁那個和我年齡相仿的男孩，倒是說話了：「請不要見怪，我姥姥在招魂的時候不能說話。」

「招魂？」

我愣了一愣，一時間沒反應過來。

只聽那男孩繼續說道：「北邊鎮子裡的張家大小姐三天前失蹤了，屍體一直都沒有找到。有人懷疑她是跳河自殺，她家裡人才請我姥姥來幫她招魂，讓她的屍體浮起來。」

「用這些稻草人就可以找到屍體？」

我狐疑地看了他一眼。

那男孩很認真地點點頭：「如果她想我們找到她，稻草人就會停在她的屍體上邊。」

我一聽，險些笑出來。

鄉下地方的神婆常常都是這樣，總是用一些隱晦的話來說明自己多麼有法力，說什麼她想被找到，就可以被找到。

用這麼模稜兩可的詞語，找到了當然是自己的功勞，而找不到也可以怪到死者的頭上，不過這世界上，往往都有許多愚昧的人會去信！

那男孩見我滿臉不屑一顧的鄙視神色，也沒有再說什麼。

那神婆專心的又將一把稻草人拋進河裡，有幾個稻草人漂到河中央，突然不動了，就像被釘子釘住了一般，完全不管河水怎麼流，也不管任何物理課本上所記載的力學原理，死死的再不漂動分毫。

「就在那裡，就在那下邊！」那神婆開口叫著，聲音既乾澀又尖銳，震得我耳朵嗡嗡作響。

立刻有幾個人走到稻草人附近用竹竿四處戳著，突然有個人大叫一聲「有了」，就見一團白色的東西慢慢地浮了起來。

果然是具屍體！

是一具穿著白色衣衫的女屍，那群人七手八腳的將那具女屍抬到了岸上。

我嘖嘖稱奇地靠過去，開始仔細打量起那具女屍來。

那具女屍，在水裡浸泡了三天多，全身浮腫，本來的面目早已不能辨認，只是她身上這件白色的衣衫，我似乎在哪裡見過！

我努力在腦中思索著有關這件衣服的資訊，眼睛不經意的一瞥，突然看到了那具女屍右手上戴著的白玉手鍊，頓時全身如雷擊般僵硬起來。

「喂，你怎麼了？怎麼臉色變得這麼白，還在發抖？」那男孩見我全身發抖，恐懼地死盯著那具女屍，不禁關心地問。

但我的耳朵早已聽不見任何聲音，粗魯地推開擋在眼前的人，我三步併作兩步走過去，將女屍的手腕抬到眼前仔細瞧。沒錯，的確是這條手鍊！

剛才遇到的那個女孩，手腕上也戴著一條一模一樣的，由於雕刻得很古怪，所以我多看了一眼，記憶比較深刻，這麼說來，剛才那個女孩身上穿的，也是白色的衣衫，樣式和這具女屍完全一樣！

天哪！我該不是遇到鬼了吧？！

雖然自己以前也不是沒遇過匪夷所思的事，但從沒有這麼倒楣過，剛出門就遇鬼，出師不利！

「你到底怎麼了？要不要我帶你去看醫生？」那男孩推了推我。

我一驚，才發現自己還死拽著那具女屍的手沒放，突然感到周圍陰風陣陣，我全身發冷，「哇」的一聲將手丟開，往後跳了幾步。

「不知道你相不相信，我剛才看見過她！」死命地拍著胸口，驚魂未定的我指著自己來的路說道：「就在河的下游，十分多鐘的路。」

「什麼！」那男孩頓時驚得臉色煞白，他一把抓住我的胸口大聲問：「你看見過她？什麼時候？你和她說了什麼？」

「大概是半個小時前。」我滿臉恐懼，「當時看她的樣子似乎想要自殺，我勸住她了。」

那男孩呆住了，他突然用力推了我一把，「走！快點離開這個鎮，走得越遠越好！那是浮屍鬼！她一定會回來找你的，她要你做她的替死鬼！」

「替死鬼？」

打撈的人群漸漸散去，有人抬了屍體和那神婆一同走了，有的回了自己家，河岸邊頓時冷清下來。

我獨自站在原地，回味著那個男孩最後說的話。

她想我做她的替死鬼？那麼剛才她為什麼不動手？難道是因為鬼在白天沒什麼力量？混亂的頭腦開始胡思亂想起來，我搖搖頭，這才發現河邊已經只剩下我一個了。

冬的夜來得早，天開始暗了下來。

「喂，誰等等我，有沒有人啊？」突然感到全身一陣惡寒，我不禁又打了個冷顫，飛快的向鎮裡跑去。

不知道是不是該聽那個男孩的建議離開這裡。不過我知道就算他說的是真的，我也絕對不會走，既然已經來了，什麼都不做就逃跑，絕對不是我的做事風格。

至少我也要把李庶人留在這裡的東西帶走，至於其他的事，等到發生以後再說吧！是福不是禍，是禍躲不過，我夜不語橫看豎看也是長命相，哪有那麼倒楣的？

倒是李庶人，那傢伙到底在黑山鎮的六街十五號保存了什麼東西？會和他不老的身體素質有關係嗎？收起略微恐懼的心，好奇心又熾烈燃燒起來。

第七章 鬼女

浮屍鬼是什麼，我當然知道。

傳說跳河自殺的人，如果在死前還留有怨氣的話，就會變成浮屍鬼。他們徘徊在自己死掉的地方，尋找獨自在岸邊遊蕩的人當替死鬼。

當然，本地也有另一種說法，有些人認為冤有頭債有主，那些浮屍鬼只會找生前那些害得他們不得不自殺的人，本人自然對此類迷信的民間傳說嗤之以鼻，只不過恐懼這玩意兒，每個人都會有，也不管你是不是真的很有理智。

黑山鎮很小，人口不過才七百多人，但是歷史悠久，也因此存在著許多大城市早已看不到的奇風異俗。走在鋪著褐色石板的街道上，沒來由的有一種來到異域的感覺，很是舒爽。

我感動的往後看了看，冬日黃昏的夕陽血紅，落日的餘暉，落寞地灑在我所經過的街道，將我的影子拉得又細又長，好酷！就因為這樣的感覺，我才喜歡到處旅遊，感受一個陌生的地方帶給自己的新奇。

黑山鎮的第六街是在鎮子的東邊，走沒多久就到了，我數著門牌找到了十五號，那是棟很大的三層樓木製建築，樣式很老，很有地方風味。

我敲了敲緊閉的大門，但等了好久卻都沒人來應門，正要將耳朵貼到門上，聽聽裡邊是不是有動靜，門「吱嘎」一聲開了。

我頓時重心不穩，頭不由得往前傾，只感覺碰在了一團軟綿綿的物體上，鼻中還嗅到一陣女兒家如檀似桂的幽香。

「啊！對不起！」

當我明白那團軟綿綿的物體是什麼時，連忙止住想按過去的雙手，紅著臉向後退了幾步。

抬起頭，正想要看清楚有著那對雄偉物體的主人時，屋裡傳來一個中年女子哭啞了的聲音。

「雯怡，外邊是誰？如果是來住店的，就跟他說，我們家最近都不做生意。唉，作孽啊。」一聲音掩不住的悲傷。

「來的只是個小無賴罷了，看我怎麼打發他走。」

被我撞到胸部的那女孩聲音很甜美，但也很沙啞，像是哭過，而且還微微有些嗔怒，那個聲音似曾相識，像在哪兒聽過。

沒等我抬起頭，她隨手抄了一支掃帚，就朝我鋪天蓋地地打過來。

有沒有搞錯，我最近怎麼這麼衰，自從來了這個鎮後就沒遇到過好事，難道果然是俗話說的寧願上吊，不願碰鬼？碰了鬼就要倒楣一輩子？

「停停停吶！打夠了沒有！」見她打得沒完沒了，我惱怒的一把抓住了掃帚，大聲道：「我又不是有意的，妳讀過書沒有，知不知道不知者無罪的道理？」

那女孩「咦」了一聲，好像很訝異地打量起我。

「啊！是你！」她突然想起了什麼，喊道：「你不是那個今天下午，在河邊說我要自殺的那個傻瓜？」

「妳才是傻瓜！」

我氣不打一處來地拍了拍身上的灰塵，向那個粗魯的女孩看去。

天哪，這一看，嚇得我全身僵硬，臉色煞白，身邊站著的這個滿臉暈紅的女孩，不是我下午遇到的那具浮屍鬼嗎？

「鬼……鬼啊！」

我喉嚨打顫地鬼叫一聲，拔腿就跑，完全把自己一向引以為傲的理智丟到了腦後。關鍵時刻，還是應該把身體交給本能，理智算個屁！

「王八蛋！本姑娘這種美女哪裡會像鬼了！你給我滾回來說清楚！」那女孩氣鼓鼓地追了過來。

「不要過來，我這種人又笨又小氣又陰險，下不了地獄，上不了天堂，完全不適合當替死鬼！」被追到巷子的死角，我靠著牆嚇得語無倫次，「大不了……下次我幫妳介紹一個老實人！」

「白癡，我才不要！」

那女鬼越來越生氣了。

我緊張地苦笑道：「一個不夠？那兩個好了！什麼，妳還不滿意？喂喂，妳知不知道什麼叫鬼心不足蛇吞象？」

「夠了！不要給你點顏色，你就以為自己可以開染坊！」那女鬼走過來，一把抓住我的衣領，衝著我大聲說：「認真看著我，你倒是說說本姑娘哪裡像鬼了？這世界上哪有像我這麼漂亮的鬼？」

這鬼的虛榮心真強！

我強壓住恐懼得快要跳出來的心臟，慢慢睜開眼睛。

只見女鬼那張秀麗的臉，就在離自己鼻尖三公分遠的地方，秀美的臉孔，因急跑而不斷起伏的胸脯，緊緊地壓在我的胸前，我能感覺到一陣軟綿綿的舒服以及飽脹感，甚至還能感覺到她的體溫，和輕拂在臉上的淡淡如蘭氣息。

咦，她居然有呼吸？難道這女孩不是鬼？

天哪！好丟臉！

我夜不語的一世英名，看來就這樣毀於一旦了，自己竟然會好死不死地斷定一個纖纖弱女子是女鬼，還被她嚇成這副尊容，傳出去不被那群損友笑死才怪。

我現在幾乎都可以聽到沈科那傢伙捂住肚子，指著我的臉，笑得口吐白沫的樣子！

「怎麼，你啞巴啦？」那女孩得理不饒人，逼問道。

「妳是……是人。」我難堪地答道。

「還有呢？」女孩依然咄咄逼人。

「是個美女。」

「然後呢？」

有沒有搞錯，這樣還不滿足？

真不知道她的虛榮心是用什麼做的，都可以比得上馬里亞納海溝了。

「還有……嗯，妳的胸部很大！」我用眼睛向下瞥了瞥。

女孩這才發現自己的姿勢很曖昧、很吃虧。

「哇！色狼！」她狠狠地打了我一耳光，面紅耳赤的向後退去。

「這又關我什麼事了？」我委屈地摸著自己的臉。

女孩紅著臉，瞪了我一眼，氣呼呼地說道：「都怪你，要不是你滿口胡說，我才不會氣成那樣，也就不會，也就不會……哇，叫我以後怎麼嫁得出去！」

「什麼?這樣也怪我？」

我發現，自己突然變成一部白癡電影的主角了。

在一個蠻橫無理的女孩子面前，就算你有超群的頭腦和智慧，也根本一文不值，秀才遇到兵，有理說不清，還是不要跟這種不講道理的女人胡攪蠻纏為好，如果又生出什麼糾葛來，那我恐怕這一輩子都出不了黑山鎮了。

「嗯，這個，妳不說我不說，絕對沒人知道。我看我們還是再見吧……再也不見！」說完就迫不及待的想要溜掉。

那女孩伸手拉住了我的背包：「你是外地來的吧？」

「我像是本地人嗎？」我沒好氣地答道。

「當然不像，我們鎮的都很聰明，哪有像你這麼白癡的。」那女孩神秘笑起來，「天已經黑了，我看我們想再見都不行。」

「為什麼？」

我皺起眉頭，只是不小心碰到了她的胸部罷了，不至於為了這種事，賴死賴活的要我負責任吧？

那女孩拽著我的背包，自顧自的向前走去，「整個小鎮就只有我家一間民宿，這裡的居民雖然不是不好客，但我們有個傳統，就是民居不會留客人過夜。到了晚上，黑山鎮絕對不會有人收留你！」她轉過頭，對著我燦爛地笑起來，「所以如果你不想睡大街，我看我們想再見都暫時不行了。」

「一樓是我們家在住。二樓和三樓是客房，最近是旅遊淡季，客房全空著，你想住哪間都可以。浴室在每層樓的最後一間，二十四小時都有供熱水。還有，這裡住宿的價格是每天三百元，第二天的中午十二點退房，如果你要繼續住的話，請在十二點之前說一聲。

「我們這裡有供應三餐，因為最近家裡有事，所以幾乎都是和我們一起吃飯，不會另開爐灶，所以你不用另外支付飯錢。這樣解釋夠清楚了吧？你還有什麼問題？」那女孩一邊絮絮叨叨地說著，一邊開了張票遞給我。

「有個問題。」我掏出錢遞給她，「妳叫什麼名字？」

女孩用手撐住頭，撇著嘴反問：「你每次住店，都會問那家店主人的女兒，叫什麼名字嗎？」

「對啊，我有這個嗜好。」我狡猾一笑：「叫別人的名字，總比叫她女鬼好一點。」

那女孩哼了一聲，低聲道：「我叫張雯怡。」

「我叫夜不語，妳好。」我把手在衣服上擦了擦遞過去，張雯怡那小妮子竟然狠狠地打了我一下。

「我才不好，至少我還沒有修養到會和一個滿口叫我女鬼的白癡握手。」

「那是有原因的……」我尷尬地笑著，「跟妳分開不久後，我就看到一群奇怪的人在水裡撈東西，最後他們撈起了一具女屍，身材和穿著都和妳差不多，對了，還有……」

我一把抓住她的左手，看著她手腕上戴著的白玉手鍊，繼續說道：「還有，她手上戴著一條，和妳這個一模一樣的玉石手鍊。」

突然周圍的氣氛變了。

抬起頭，只見張雯怡全身都在顫抖，她臉色煞白，一把抓住我的衣領，大聲喊著：「你！你說什麼？！她的手上真的有和我一模一樣的玉石手鍊？真的？」她情緒激動到已經站不穩了。

我點點頭。

「不！這不是真的，姐姐死了！姐姐真的死了！」

張雯怡哭著，喊著，臉上悲痛欲絕。她拚命的用手打著我，淚水不斷的從絕麗的臉龐上流下，最後她猛地撲在我懷裡，哭得更厲害了。

原來，那具浮屍是她的姐姐。

對了，張秀雯也是來自黑山鎮，也姓張。總覺得樣子和張雯怡也有點像。而且這個鎮子人少，張雖然是大姓，或許……

我使勁地搖搖頭，決定即使那個可能是真的也絕對不說出來。不知為何，我少得可憐的良心，偏偏會對這個讓我又難堪又頭痛了不止一次的女孩大為憐惜。

一個姐姐的死已經夠打擊她了，如果張秀雯真的是她姐姐，那她不把眼睛哭出血才怪。至少，我脆弱的肩膀再也受不了被她再次痛捶了。

第八章  夜忌

葬禮有條不紊地進行著，似乎一切都那麼理所當然，鎮上的警察局根本就沒有檢查過屍體，便判斷為自殺，將屍體還給了家屬。

花圈從四面八方送來，張雯怡的姐姐張雪韻的屍體就放在靈臺上，靜靜的，無聲的，躺在那裡。

經過一晚上東敲西問，我弄清楚了張雯怡家是三姐妹，大女兒果然是張秀雯！張家真的很可憐。

六年前，這個家的一家之主——張雯怡的父親就病死了，只剩母親將三個女兒拉拔大，但現在就連張雯怡的兩個姐姐也死了。

當然，我並不會笨得將張秀雯的死告訴她家人，只是略微覺得奇怪，為什麼警方到現在都沒有把張秀雯的死訊和死亡證明送到這裡？他們到底在搞什麼鬼？而且李庶人寄放東西的地方，居然就是張秀雯家經營的民宿，那是不是可以懷疑，他們在之前就有某種關係呢？

張雯怡的母親，那個美麗的年輕少婦，披著白麻，坐在靈臺旁，暗自垂淚。由於張家人緣很好，鎮上大部分的人都來上了香，那個在河邊丟稻草人的神婆也來了，還

有那個說我要變成替死鬼，勸我快走的那個男孩。

我沒好氣的將他拽到了一旁。

「你還沒走？」那男孩吃驚地看著我。

我冷哼了一聲，「你這傢伙騙得我夠慘！」

「我什麼時候騙過你了？」男孩裝著大惑不解的樣子，理直氣壯地說。

「你還沒騙我？」我氣得直想踢他一腳，「你明明知道我在下游看到的，是死者張雪韻的妹妹張雯怡，竟敢騙我說她是找替死鬼的浮屍鬼，害得我一見張雯怡拔腿就跑，臉都丟光了！」

「什麼？你真的一見雯怡就跑？」那男孩呆了呆，突然捂著肚子哈哈大笑起來，這在安靜的靈室裡格外刺耳，立刻就有人用能殺死人的眼神瞪了過來，非常不巧，那人正好是他姥姥。

那個神婆氣惱得用旱菸管狠狠砸在男孩頭上，一個勁兒的叫他給主人賠禮道歉，又要他向死者下跪磕頭，說什麼小孩子不懂事，有怪莫怪，不要怪罪他。

我暗自笑著，這小子誰不騙，敢騙到我這個太歲頭上來了，這樣還不玩死你，突然感到大腿上一陣疼痛，低頭一看，居然是張雯怡，她從白麻喪衣裡伸出手，用力擰著我的大腿。

「幹什麼啊妳！」我甩開她，拚命揉著痛的地方。

張雯怡低聲說道：「你是故意逗小三子笑的吧？」

「妳有什麼證據？」

我一臉陰謀被識破的尷尬，但嘴裡絲毫不饒人。

「小氣。」

「我才不小氣，是那傢伙先騙我的，大家禮尚往來，我夜不語從來不是個吃虧不喊怨的主。」

張雯怡哼了一聲，「小三子才不會故意騙人，一定是你看不起他姥姥，他才會和你開一個無傷大雅的玩笑。」

「那樣也叫無傷大雅的玩笑？」我惱怒得幾乎要叫出聲來，「我幾乎把妳當作浮屍鬼了，有生以來還是第一次那麼丟臉。」

「哼，小氣。」張雯怡伸出兩根白皙的指頭又想掐我，我向左一跳，差些撞到了一個人身上。

那是個大約二十歲左右的男人，臉孔英俊得有些令人討厭。他厭惡地用力推開我，用手拍了拍被我碰到的地方，寫滿傲氣的臉上，帶著看不起所有人的鄙視眼神，真是個不討人喜歡的傢伙。

一看到這個人，張雯怡的臉色頓時變了。

「滾！這裡不歡迎你！」她站起身衝他吼道。

「嘿，別這麼說嘛，怎麼說我也跟這女人相好過。」

那男人輕浮地笑著，慢吞吞的往前走，走到張雪韻的屍體旁，揭開了蓋住屍體的白色布單。

「嘖嘖，可惜了。她生前可是個大美人。沒想到死了變得這麼醜，幸好我從沒有想過要娶她。」

「王八蛋！」張雯怡氣得全身發抖，她一把抓起身旁的掃帚，狠狠向那個人打去，「滾，不要碰我姐姐。她是你害死的！她一定是你害死的！你這個殺人兇手！」

「媽的，張家的女人怎麼都這麼賤，活該會被人玩！告訴妳，妳姐是個爛貨，妳媽也是個爛貨。」那男人一把抓住掃帚，將她推到地上，「妳以為妳媽很貞潔？去他媽的，妳以為妳老子是怎麼死的？妳老子是被活活氣死的，這個鎮誰不知道，妳媽這個爛貨掛著旅館的招牌做賣肉生意？」

「說夠了吧？」我沉著臉走了過去。

「你小子是誰？」那男子輕蔑地看了我一眼。

「我住在這裡。」

「哼！你知不知道我是誰？老子的閒事你也敢管。」那男子哼了一聲。

我指了指他身後，撇著嘴笑道：「我不知道你是什麼東西，不過我知道你再不走的話，就要變成什麼東西了。」

那傢伙一轉身，臉色頓時變了，「幹什麼，你們想造反？」他聲音顫抖著，看著身後那些向他圍過來的激動人群大聲喊道：「媽的，我一定要我爸把你們都抓起來。你們這些賤民……」手一抖，不由得按在了張雪韻的胸脯上。

突然，他身後的人群似乎像被什麼驚呆了似的，喧譁頓止。我好奇地望了一眼，頓時感到一陣惡寒竄上脊背。

血，大量的血水從張雪韻的眼耳口鼻七孔中流了出來。本來閉上的眼睛竟然睜開了，她的眼睛中只有眼白，死死的，恐怖的盯著那男人。

「妳……妳不是我害死的，不要來找我！哇！」那男人嚇得身體僵硬，反射性的向前一推，屁滾尿流地跑出了門。

「妳沒事吧。」我深吸一口氣，伸手將雯怡拉了起來，天哪！剛才的那一幕好可怕，感覺就像張雪韻的屍體隨時都會活過來一般。

坐在下位的神婆走到靈臺上，用手將張雪韻的眼睛闔上，顫抖地說道：「厲鬼索魂！這具屍體留不得，一定要在今晚燒掉。」

張雯怡呆呆的不知在想什麼，突然她使勁地抱住張雪韻的屍體，大聲喊道：「不准碰我姐姐！我姐姐生前已經夠慘了，我不要她死後連全屍也沒有！」

「雯怡。」神婆輕輕地撫摸著她的頭髮，「妳姐姐已經死了。我知道她生前最疼妳，但她畢竟已經死了。往生者的世界和我們人界不同，他們做事是沒有道理的。」

「不！我不要！」她「哇」的撲到我懷裡大聲哭起來，哭得很傷心，哭得淚幾乎染濕了我的胸口。

我不忍心地說道：「我看留一夜應該沒有問題吧，大不了今晚我不睡覺，守在這裡看屍體。我就不信她會變什麼厲鬼索魂。」

「外行，你知不知道厲鬼索魂有多可怕，會死多少人？」神婆身旁的小三子狠狠地瞪了我一眼。

我一看他就來氣，哼了一聲道：「說我外行，我看你才是十足的愚昧。七孔流血就說是什麼厲鬼索魂了，你讀過書沒有？你知不知道一具在水裡泡了幾天的屍體，被擠壓就會血氣倒流，血會從眼耳口鼻裡出來？這只是很自然的現象罷了，拜託你多去圖書館查查，免得在這裡丟人現眼。」

那小子被我駁得說不出話來，乾脆賭氣地轉過頭做出不屑再看我一眼的樣子。

「作孽啊。」神婆長嘆了口氣，對我說道：「小夥子，要不燒這具屍體也行，不過你要答應我三件事。」

「妳說。」

看得出這神婆在當地很有威望，如果她堅持要燒屍體的話，不要說我擋不住，說不定惹得當地人火了，他們會連我一起燒掉，所以還是圓滑點好。

「第一，把這些符紙貼到所有門上。」神婆遞給我一些黃色的，上邊亂七八糟鬼畫符的符紙繼續說道：「第二，不要讓動物進來，特別是黑貓，千萬不要讓牠爬到屍體上。第三，靈臺的這盞油燈，你要看仔細，不要讓它滅掉。」

「就這麼簡單？」我在心裡默記了一遍，點頭笑道：「妳放心，我絕對會做到。」

突然感到背後又升起一道惡寒。猛地轉身，張雪韻的屍體靜靜地躺在靈臺上，悄無聲息。不知為何，心裡總覺得有什麼不對勁，難道今晚會有什麼事發生嗎？

我搖搖頭，苦笑起來，自己最近真的越來越多疑了。

第九章　腳朝門（上）

「謝謝你。」

「沒什麼。如果妳要感謝我的話，就別收我住宿費好了。」

「嘻，這可不行。」張雯怡滿臉的傷心，總算出現了一抹淡淡的笑。

夜再一次地降臨了。想一想，自己已經來黑山鎮兩天，該調查的事情一件都還沒開始，就被這個家糟糕得像團亂麻般的瑣事纏住了，毫無辦法從這團亂麻中，找到機會詢問有關任何李庶人的事情。

「那個男人叫奇石木，奇家的大公子，奇家是大戶人家，有權有勢，我們這個鎮一大半的人都要靠他家吃飯，所以就算他家的人把我們欺負得像條狗，還是沒有多少人敢反抗。我姐姐真傻，明知道那個王八蛋只是玩玩她，但她就是執迷不悟。」

拜祭的人大多都怕所謂的厲鬼索魂，找藉口溜掉了。靈室裡空了起來，最後只剩下張雯怡和我兩人，她嘆了口氣，呆呆地望著天花板：「其實我何嘗不也是很傻？飛蛾撲火，明知道會受傷，也毫不猶豫地撲過去，但至少我不會像姐姐那樣，傻得為那種人自殺！」

我苦笑了一聲，「妳們家的人看來都是性情中人。」

「你信不信？姐姐是這個家裡對我最好的。不論她有什麼，她都會把最好的留給我，吃的也好，衣服也好，記得那年下雪的時候，我在山裡走失了，鎮上的搜救隊因為暴風雪太大，不肯上山，我姐姐幾乎急瘋了，她哀求了他們好久……最後她一個人冒著風雪到山上去找我，差些把命都丟掉，姐姐好傻，其實我哪裡是走丟了，只是在跟她賭氣。」

張雯怡呆呆地望著前方，淚痕未乾的臉上綻開了一絲甜美笑容，突然，像想到什麼，她的臉變了，變得充滿怒氣，十分神經質的大聲說道：「但是那個男人出現以後，姐姐就變了，那個男人，那個王八蛋！一定是他害死姐姐的，那種花花公子，他一定不得好死！」

「冷靜一點！」我扶著她的肩膀正想開解她，突然聽到靈臺那裡傳來「啪」的一聲。

什麼聲音？我撓撓頭走了過去，只見屍體的左手從靈臺上掉了下來，受到地心引力一個勁兒地盪著。

「怎麼了？」張雯怡用哭得沙啞的聲音問。

「沒什麼，可能是哪個王八蛋碰過屍體，她的手沒有放穩，現在掉下來了。」我用三根指頭小心翼翼的拎起屍體的左手想要放好，突然覺得好像哪裡不對，一把抓起那隻左手提到眼前仔細看了起來。

「奇怪，妳過來看看。」我向張雯怡招招手，指著屍體左手上的白玉手鍊說道：「昨天我看到這具屍體的時候，這條白玉手鍊明明是戴在右手腕上的，怎麼現在戴到了左手？」

「你說什麼？」張雯怡頓時臉色煞白，她顫抖地抓住我的胳膊大聲問：「你說姐姐的白玉手鍊戴在右手？你真的沒有看錯？」

我正色道：「我這個人只有一點可取之處，就是記憶力和觀察力比較強。」

「該死！那個該死的傢伙。」那一瞬間，我幾乎覺得張雯怡秀美的臉又變得猙獰起來。她用力抓著我的胳膊，越來越緊，最後轉身往裡廳跑去。

那傢伙又發什麼神經？我撓撓頭，環顧了一下四周。這個靈堂原本是旅館的大廳，很大，但現在卻只有幾盞閃爍不定的靈燈照明，不知從哪冒出來的風不但吹拂著皮膚，說不出的陰森。突然感到這個昏暗的偌大空間只剩下了自己一個人，而且我這個人手上，還緊緊握著屍體那隻被水泡得浮腫起來的手臂……

猛打了個冷顫，我乾澀地笑起來。

將手臂放好，隨便將自己的手在白色的蓋布上擦了擦，深吸口氣，高聲叫道：「等等我。該死！這什麼鬼地方！」叫完就急忙追著張雯怡的身影去。

一直穿過內廳和張家人自用的房間走到底，才看到一絲燈光。

張雯怡全身僵硬，呆呆地站在地下室的門前。

「床！」她眼睛死死的朝裡望，嘴裡不斷重複著那這個字。

「什麼床？」當我擠過去向屋裡看的時候，頓時也驚訝的呆住了。天！這個大約有十來坪的大客房裡，所有的東西都被搬空了，只有房間的最右側孤零零地擺放著一張單人床，顯得十分詭異，而且這個床竟然斜放著，床腳正對著房間的門，這種情況就跟李庶人和張秀雯的臥室一模一樣！

「又是床對著門！」我喃喃自語道。

張雯怡回過神，驚詫地看了我一眼：「你也知道腳朝門的傳說？」

「什麼腳朝門？」我皺起眉頭。

她遲疑了一下，苦笑道：「對了，你是外地人。怎麼可能知道這個傳說！」

「什麼傳說？是不是和床的擺放位置有關？」

我莫名興奮起來，對了，李庶人和張秀雯一個在黑山鎮待過，一個原本就是黑山鎮的人，如果真有那種相關的風俗傳說，那麼他們會把床擺放在一種奇怪的位置，也不算毫無來由，順著原因，說不定可以找到殺死他們的兇手，甚至是李庶人八十六歲不老的體質……

突然感到所有的答案居然會離自己這麼近，似乎唾手便可以得到了一般。

「不是什麼大不了的傳說。」張雯怡搖搖頭，臉色有些奇怪，「我們這裡有個風俗，說只要將床擺在正對門的位置，睡覺的時候讓腳朝向門，自己喜歡的男人就會變得對自己死心塌地。」

「就這麼簡單？」我狐疑地看了她一眼，「那妳剛才怎麼那麼吃驚？」

張雯怡眼中流露出痛苦的神色，「我只是驚訝，姐姐居然會信那麼白癡的傳說。」

「白玉手鍊呢？」總覺得這小妮子的話不盡不實，我不死心地問：「我說原本是戴在妳姐姐的右手上，妳為什麼立刻就想到跑這裡來？」

「也跟那個傳說有關。」張雯怡輕輕地關上門，示意我上二樓，「將白玉手鍊戴在右腕上，效果加倍。」

「這算什麼風俗啊，怎麼這麼奇怪？像在玩角色扮演遊戲。」我諷刺道。

張雯怡頓時停下腳步，她伸出手攔住我，冰冷地說道：「夜不語，今天晚上我要一個人守我姐姐，你早點去睡覺，姐姐生前很害羞，我想她死後也不願意被一個外人打擾！」

「妳什麼時候變這麼客氣了？」我冷哼了一聲，語氣也開始僵硬起來。

「就當我求你。」張雯怡打開客房的門將我推了進去，飛快關上門又掏出鑰匙，將我的房門鎖死。

我一驚，用力地拍著門叫道：「喂，妳在幹什麼，快放我出去！」

透過鑰匙孔，看到她將背輕輕地倚在對面的牆上，深吸了口氣，「今晚無論發生什麼事情，希望你都不要出來，我不想連累你！」她說完就要往樓下去。

「對了。」突然一個轉身，張雯怡對我綻放開笑容，絕麗的帶有一絲疲倦和傷感的笑容：「謝謝你。其實那天在河邊，我是真的想自殺的，但是一見到你以後，就沒了勇氣。呵，如果我們能早點遇到該有多好？」

她一邊笑著，一邊苦澀的搖頭，淚，從眼睛裡流了出來。晶瑩剔透，但嘴角卻依然帶著上彎月的笑容。

「再見。這次是真的再見了！」

看著她的身影消逝在走廊盡頭，我氣急敗壞的開始踢起了門。搞什麼鬼，說得好像要生離死別一樣，真是個任性的小妮子，問也不問我一聲，就武斷的什麼事都把我排除在外，她到底知不知道我是誰？我可是夜不語，號稱天下第一臉皮厚、好奇心強、只有我整人、沒有人整得到我的夜不語！

狂踢了十來分鐘，我向門投降了。

「什麼玩意兒嘛，不是說現在商品的品質越來越差嗎？怎麼這門的品質偏偏這麼好，靠！做這扇門的傢伙真是沒有專業精神，他們到底懂不懂什麼叫做門？門的意思就是只防君子，不防小人！」

我氣得語無倫次的大罵起來，過了好一陣子，頭腦才開始漸漸降溫冷卻。對了，我在這裡瞎用蠻勁兒幹什麼，自己不是還有一個壓箱底的絕技嗎？

如果不是理智拚命提醒我，現在不是自我反省的時候，不然我真想賞自己一耳光！

好不容易用隨身帶的一截鐵絲將那個爛鎖弄開，我飛一般的向樓下跑去。

張雯怡沒有在樓下，而靈臺上的屍體也不翼而飛了，昏暗的靈堂裡空蕩蕩的，大廳通向外邊的門半開著，被寒風吹得「吱嘎吱嘎」的響個不停，再外邊便是沉寂的夜色。我打了個冷顫，緩緩地走到靈臺前。

原本蓋在屍體上的白布被胡亂的丟在地上，我將它拿起來，竟然看見一大片猩紅的液體。是血！誰的血？難道是張雯怡的？她到底怎麼了？我緊張的四處張望，在靈臺不遠處發現了一隻躺著的黑貓。

那隻貓已經死掉了，但還有體溫，看來是剛死不久。

咦？究竟是誰這麼殘忍，居然會用極鈍的東西割破貓的喉嚨？我檢查著牠很不平整的傷口，就像親眼看見那隻貓將死未死，不斷的垂死掙扎，忍著劇痛還要眼看著自己的血，從喉管裡流出來的那種十分殘忍的景象……

突然感覺有什麼悄然無聲的來到了身後，背脊上頓時湧起一陣惡寒。我莫名其妙的口乾舌燥起來，恐懼，無盡的恐懼就像黑暗一般吞噬了我。

強自按捺著害怕得快要蹦出胸腔的心臟，我緩緩的想要轉過頭，但突地眼前一黑，我暈了過去……

第十章 腳朝門（下）

耳邊，不斷傳來喧譁，吵得我再也睡不下去，於是醒了過來，發現自己正躺在二樓的客房裡，門好好的關著，就像昨晚經歷的只是一場荒誕的夢。

但頭還是很痛，用手摸了摸，竟然有一個包！果然，昨晚的那一切絕對不是夢。我確確實實在大廳被什麼東西打暈了，但誰那麼好心將我抬回客房，還怕我著涼幫我蓋上了被子？難道是張雯怡？

我精神猛地一震，從床上跳下來飛快向一樓大廳跑去。

吵鬧正是從大廳裡傳來的，那裡聚集了很多人，伯母伏在靈臺上大聲哭著，嘴裡不斷咕噥著。

那群人一見到我，頓時都安靜了下來，他們面無表情地盯著我，視線中似乎夾雜著某種不太友善的感情，場面很冷！為了稍稍緩解這種氣氛，我一邊撓頭，一邊笑容可掬地說道：「都在等我嗎？這裡發生什麼事了？」

「發生什麼事了。哼！」神婆身旁的小三子滿臉憤怒地走上來，毫無預兆的狠狠給了我一拳，他大聲喊道：「這句話應該是我們問你！昨天晚上到底發生過什麼？雯怡到哪裡去了？還有雪韻姐的屍體？你不是說會守一整夜嗎？回答我啊！」

「對不起。」我捂住臉苦笑起來，「但是我也想知道昨晚發生了什麼事，我真的想知道！我無意間告訴了張雯怡她姐姐被撈上來的時候，白玉手鍊是戴在右手上的，然後她就變得很古怪，先是把我反鎖在房間裡，等到我下去找她的時候，還被什麼東西打暈了！」

「什麼？你說什麼？」張伯母和那個神婆像聽到了駭人聽聞的事件一樣，瞪大眼睛死死的看向我。

伯母止住哭，全身顫抖地問：「你說雪韻的白玉手鍊是戴在右手上，你真的沒有看錯？」

「當時張雯怡也這樣問過我。」我大為好奇，將裝飾品戴左戴右，不都是隨人的習慣嗎？到底有什麼大不了的，會讓他們那麼驚訝。

「你聽到沒有？雪韻的手鍊是戴在右手上，她是戴在右手上！」伯母神經質地笑起來，一向逆來順受的她走到奇石木跟前，狠狠地抓住他的手臂嘿嘿笑道：「我女兒死得好慘！我想大家都知道我們張家的女人，什麼時候才會把祖傳的手鍊戴到右手上，嘿，是有孩子的時候，她肚子裡已經有了你的孩子！」

奇石木用力推開她，用手拉了拉被弄亂的衣服輕蔑地說：「我知道，那個賤貨前幾天來向我攤牌。沒想到她心靈那麼脆弱，我只是甩了她而已嘛，還好心給她一些錢讓她去墮胎，結果她居然跳河自殺了。哼，也不想想，像她那種女人我身邊有多少，還想要我負責任。」

「王八蛋，你不得好死！」張伯母面目猙獰的一把抓住奇石木的脖子用力掐著。

那傢伙帶來的走狗立刻撲上去拳打腳踢，將她拉開，有個跟奇石木同來的男人蹲下身，掏出紙巾遞給她，「伯母，這件事是意外，請妳節哀。」

「你不得好死，王八蛋！雪韻做鬼也會去找你，她一定會去索你的命！」伯母從嘴裡吐出幾顆帶血的牙齒，嘴裡猶自喃喃說道。她像完全感覺不到痛苦，臉上也沒有悲傷的感覺，突然她笑起來，嘿嘿的笑，沾滿血的嘴角竟然透出一絲妖異，看得在場的人不由得打了個冷顫。

「你還不滾？」我從地上扶起伯母，細心的用紙巾將她的血跡擦乾淨，然後冷冷的對奇石木喝道。

奇石木冷哼了一聲，「你這小王八蛋是不是活得不耐煩了？」

我撇開嘴天真地笑起來，「對不起，我不善於和畜生講話。我相信你也知道這個旅館是禁止狗進入的，麻煩你有點自覺，帶你的狗腿一起出去，不然的話不要怪我不客氣。」

恐怕從來就沒有人敢這樣罵他，那傢伙氣得眼睛翻白，偏偏又什麼話都說不出來。

「媽的，我倒要看看你要怎麼對我不客氣！」一抬手，他那堆狗腿就朝我圍了過來。

我深明先下手為強的道理，從口袋裡悄悄掏出二十萬伏特的電擊防狼器握在手裡，往前飛快一衝，按在最近那個走狗脖子上就是一下，只見那走狗全身抽搐，頓時軟了下去。

「有誰還想來試試？這種滋味真的很過癮，就像吸毒一樣，很爽的！」我笑容可掬，活像個中年推銷員，但心裡卻不斷盤算著如果他們一擁而上要怎麼辦。

「媽的，沒用的傢伙。」那小子狠狠的對倒在地上的狗腿踢了一腳，厲聲對我道：「別得意，你給我小心點！」

切，原來是隻紙老虎！我咧嘴陰陰一笑，高聲喊道：「我勸你最好還是不要動我，要動的話也最好先去查查我的底。我到這裡來的事有幾百個人知道，如果我在這裡少了幾根汗毛，恐怕你家一輩子都會雞犬不寧了！」對這種沒什麼膽子的人，這恐怕是最好的威脅。

那個和奇石木同來的男人在他耳邊低聲咕噥了幾句，然後對我客氣的笑道：「這位小兄弟，或許我家少爺和你有些小小的誤會，所謂冤家宜解不宜結，我們就當扯平好了，大家以後做個朋友。」說完向我伸出了手。

「敬謝不敏了。」我哼了一聲。

見我完全沒有和他握手的意思，那男子絲毫沒有露出尷尬的神色，一個勁兒笑道：「哪裡的話，是我們奇家沒有福氣，這裡是一點錢，就當給伯母買補品吧。」他掏出皮夾隨手放到桌上。

伯母一把抓起皮夾，狠狠朝他們身後丟去，「滾！我不要你們奇家的錢！你們奇家沒有一個好人，你們全家不得好死！」

那人笑著撿起皮夾，轉身和奇石木那群爪牙一起走了。

我長長地吐了口氣，懸著的心這才徹底放下來。「那個男人是誰？」我低聲問身旁的人。

「他叫奇韋，是奇老太爺的二兒子，整個奇家就他還像個人。」小三子憤恨地看著門外。

我「哦」了一聲。奇韋，這個男人完全不像他哥那麼白癡，從他的言行舉止看來，他很會籠絡人，很有頭腦，這種人在我的記憶裡是屬於最難應付的一種。哈，看來我這次黑山鎮之行還真是收穫頗豐，不但什麼都沒查出來，竟然還惹上了一身腥。

□

「其實腳朝門的傳說，在這個小地方流傳了幾百年。我們這裡的人認為門象徵著吉位，將雙腳朝向門睡可以逢凶化吉、避魔消災。如果在手腕上戴著玉器的話，更可以讓自己喜歡的人喜歡自己，此心一致，生死不渝。」神婆喝了一口酒緩緩說道。

我頓時大為失望，本來以為腳朝門這個傳說應該是所有疑惑的關鍵，所以我才死皮賴臉纏著那個神婆，要她給我講講這個傳說的，沒想到她告訴我的，竟然和張雯怡說的大同小異！難道自己的直覺真的有問題嗎？

那個神婆見我滿臉失望的樣子，頓了頓，又繼續說道：「但是最近三十年腳朝門的傳說卻突然多了一個。多的那個很讓人不舒服……不，甚至可以說是邪惡。」

「說來聽聽！」我立刻有了精神。

「三十年前，鎮裡有個村姑跳河死了。當時她已經有五個多月的身孕，她男人欠下一屁股的債後拋棄了她，那村姑怕債主把她賣到窯子抵債，就用菜刀劃花了自己的臉。債主見她變得那麼醜，真的放過了她，只是搬走了她家裡所有東西，只剩下那張破床。

「那村姑見偌大的房間裡只有唯一一個傢俱，不大的家裡顯得更空蕩蕩了，於是她就將床斜著放，又故意把床腳對向門，自我安慰說那樣看起來好一點，只要自己還活著，還有手，一切都會有的。

「但你想不到吧，就是這樣樂觀的一個女人，居然在七天後的晚上跳河自殺了。」神婆將旱菸管在桌子上磕了磕，又說道：「沒想到在將她打撈起來的那一晚，守夜的人看到她眼耳口鼻七孔都流出猩紅的血，然後又過了一晚，她的屍體突然不見了，消失了。

「就是從那天起，鎮裡不斷有人猝死，而每個死者臉上，都無一例外的露出極度恐懼的表情，就像臨死前看到了什麼可怕到自己完全不能接受的東西。」

神婆緩緩地看了我一眼，眼中充滿詭異的神色，看得我不禁打了個冷顫。

她笑起來，繼續講道：「又過了七天，有個守夜的人，突然發現一個黑影，用很遲鈍的腳步走進那村姑的房子裡。他怕得要死，就去把自己的朋友叫起床，一起闖進那個村姑的家，你猜他們看到了什麼？是村姑的屍體！

「那具失蹤了好幾天的屍體，竟然安安靜靜的躺在床上，而她泡得浮腫的屍體已經開始腐爛，發出驚人的臭味，鎮裡的人這才發現，原來那具屍體失蹤的七天裡，死掉的人全都是向村姑討過債的債主，還有，她的丈夫。」

神婆嘆了口氣，「於是有種說法就在鎮裡流傳開了。說是只要將房間裡的傢俱搬空，只留下床，然後再讓腳可以正對著門的方位連續睡上七天，在這七天裡一定要拚命的憎恨那些對不起自己的人，並在第七天的深夜跳河自殺，你就可以變成浮屍鬼，有怨報怨，有仇報仇！」

我又打了冷顫，突然想到了什麼，驚然問：「這三十年來，類似的事情一共發生過多少次？是不是只要符合傳說中的條件，就真的會有奇怪的事發生？」

神婆微一思忖，搖頭道：「我也不知道。因為三十年來只有那個村姑變成厲鬼索魂，事後也有許多人模仿，但是到最後都還是死屍一條，躺下了就永遠沒有起來。」

我頓時鬆了一口氣，「看來那次只是巧合而已，要麼就是有人裝神弄鬼。哈，剛才被妳一唬，還差點以為張雪韻的屍體會變成冤魂出來殺人。可笑！那個張雪韻也真瘋，居然會相信這麼無稽之談的流言蜚語，還把一條命白白賠上。」

「你什麼意思？不准你侮辱雪韻姐！」小三子狠狠地瞪了我一眼。

我冷哼道：「我說真的，她把地下室佈置得和你姥姥剛才說的一模一樣，也不知道在想什麼！」

「什麼！」神婆滿臉恐懼，她站起身邁開完全不配合自己年齡的凌亂步子，飛快向地下室走去，拉開門，充滿恐懼的臉上更加恐懼了。

「作孽啊作孽，那女娃子怎麼那麼傻！」神婆用手在空氣裡畫了幾道符，嘴裡不斷嘀咕著什麼。突地轉頭問身後的伯母：「那孩子在這房裡睡過多久？」

「七天！整整七天！」伯母神經質地哈哈大笑起來，「厲鬼索魂！嘿嘿，冤有頭，債有主，我的女兒不會白死的。要找就找奇家，把那群壞傢伙全部殺了，乖女兒，妳媽向來很懦弱，很怕事，這才害了妳啊，以後我不怕了，什麼都不怕了！」

她一屁股坐到地上，又哭又笑，害得最不擅長哄人的我哄了她好久，才將她騙到床上。讓她吃上兩顆安眠藥後，才終於安靜了下來。

呼！搞不懂，我到底是為什麼才來這裡的？帶來的疑惑一樣都還沒有解開，現在又一頭栽進另外一團迷霧裡。李庶人和張秀雯的臥室裡，同樣也是將床擺到正對門的位置，但是那明顯有別的意義，和這裡的腳朝門傳說應該不是同一回事。哼，頭腦又開始混亂起來，難道腳朝門還有另外的傳說？某個這鎮上大多數人也都不知道的傳說？

「小三子，你去奇家一趟，通知他們晚上小心一點，千萬不要出門！」神婆吩咐道。

「那群壞傢伙，早點死根本就是為鎮上的人積福，管他們那麼多幹什麼！」小三子氣憤地說。

神婆生氣地喝道：「死小子，我從前是怎麼教你的？不管多惡的人，生死還是一條命。我們能救就要救，做到自己的本分！」

「是，姥姥。」小三子極不情願的慢吞吞走出了門。

「小夥子。」神婆看了我一眼，「你的福分很重，神鬼不侵。可以麻煩你一件事嗎？」

「既然妳都把我讚美成這樣了，我還能說不嗎？」我嘲笑道。

神婆沒有理會，繼續說道：「麻煩你儘量在五天內把雪韻的屍體找回來，厲鬼索魂，不會那麼快就成得了形的，或許這件事還有挽回的餘地！」

我皺了皺眉頭，疑惑的問：「剛才妳不是才說，這三十年來有很多人都學過那個村姑，但最後都失敗嗎？怎麼妳現在會這麼擔心？」

「你是外人，對你講實話好了。」神婆憂心忡忡的向地下室看了一眼，回憶道：

「這棟旅館是二十五年前蓋起來的，用的就是那個村姑的地。如果我沒有記錯，雪韻那女娃睡的這個地下室的位置，剛好就是村姑的臥室，也不知道是不是作祟，連床的擺放都一模一樣！」

「什麼！」腦中只聽到「轟」的一聲，我整個人都被剛才聽到的話驚呆了。

這個世界上的許多事情都有相似性，從邏輯學上來講，相似的兩個和多個事件或物體之間，都必然有一些千絲萬縷的聯繫。而現在，張雪韻和那個村姑已經有了聯繫，那麼會不會出現相似性呢？假如，只是假如，如果出現了相似性，那張雪韻的屍體到底會變成怎樣？即使稍微想一想都感到背脊發冷！

「我懂了！我會儘快把她的屍體找回來，不論用什麼方法！」我少有的嚴肅起來，「所以如果用了什麼過激的方法，惹惱了村子裡的人，善後工作就要請您老出馬了。」

從早晨起來後，雖然不斷遇上亂七八糟的事情，但還是有一個疑惑在我腦子裡徘徊不去。張雯怡那小妮子到底去哪裡了？是不是她帶走了屍體？她昨晚的那一番話到底有什麼意思，就像是在和我辭別一樣！最重要的，昨晚，她到底幹了什麼？

或許找到她後，許多疑點都會迎刃而解了吧……

第十一章 稻草人

「靠！你說氣不氣？」正要出門時碰到了小三子，那傢伙抓住我就發起牢騷，「我好心好意到奇家去警告他們，結果還沒等說完，就被奇石木那王八羔子打了出來。什麼玩意兒嘛，活該他們全家死絕。到時候舉鎮同慶，我把我的存錢罐砸了，歡歡喜喜的捐一口棺材給他們。」

「哇！沒想到你的嘴這麼缺德。」我沒好氣地嘲諷道。

小三子不好意思的憨厚笑起來，對我說：「怎麼？你還在生我的氣啊，那天是我不對，但是你也把我玩得夠慘啊，我回去後還被姥姥罰跪，抄了一整夜的經書。」

「我哪有那麼小氣！」我咳嗽了一聲，那小子恐怕是看了我剛才的英勇舉動，把我當了英雄，猛然又覺得那樣說好像會顯得自己更小氣，連忙岔開了話題：「小三子，你是本地人，應該對這一帶很熟吧？」

「沒錯。你想逛逛嗎？我知道有幾個地方風景很好，有空帶你去。」小三子點點頭。

「這倒不用了。」我急忙擺擺手又問：「你是不是和張家的三姐妹從小就很熟？」

「何止熟，自從秀雯姐離開後，我每天都到張家去幫忙。」他神氣地說道。

我立刻來了精神。正好自己對現在的事完全沒有頭緒，而張家的伯母又變得瘋瘋癲癲的，從她嘴裡根本就什麼都問不出來，或許自己在這小子身上可以弄到些線索也說不定。

「小三子。」我思忖了一會兒問道：「你可不可以把張家的事情詳細說說，像張家的來歷，三姐妹的關係，還有平時她們有沒有什麼奇怪的嗜好等等。」

「你問這個幹嘛？」那小子狐疑地看了我一眼。

我笑了笑：「你姥姥要我去找張雪韻的屍體，還有失蹤的張雯怡，我想多知道一些關於她們的事情。」

「姥姥真的要你去幹這些？」他皺起了眉頭：「沒道理啊，她為什麼要你一個外人管這麼多？」

「我哪知道，高人總有他自己的道理，我為人平庸，想不出來。」我聳了聳肩膀，唏然道：「不過如果你真的很想知道的話，不妨去問問她。」

「免了，她那杆鐵旱菸管我可受夠了。」小三子低下頭想了一會兒，慢慢說道：「我聽鎮裡的人說，二十五年前是張叔叔借錢蓋起這棟旅館，但沒想到營業後越來越背，當時旅遊業雖然已經起步，但老實說，沒幾個遊客肯來這種交通不便利的窮鄉僻野。

「張家的生意從來沒好過，而且債加上利息開始惡性循環起來，就在他們窮途末路的時候，一個旅人到他們家住店，據說那人給了他們一大筆錢，說要租下地下室和三樓最裡邊的那個房間一百年，這筆錢讓張家的人擺脫了困境，不過那個人真的很奇怪。」

小三子坐到地上，繼續說道：「他在這個鎮待了兩個月，但幾乎都沒有出過旅舍，那兩個月中一直都過著從房間到地下室，然後再回房間的兩點一線單調生活，然後他就走了，不過說也怪，自從他走以後，張家的運氣也跟著好轉很多，還生下了大女兒張秀雯。

「秀雯姐是個很單純的人，沒什麼嗜好，為人做事也馬馬虎虎的，好像什麼都無所謂的樣子，不過兩年前她突然變得很固執，一定要到外邊去打工。張阿姨拿她沒辦法，只好讓她走了。」

小三子吞了口唾沫又說道：「雪韻姐是二女兒，是個很害羞的人，她和伯母一樣，為人懦弱怕事，做什麼事情都舉棋不定，優柔寡斷，非要等別人來替自己拿主意，我真的到現在都想不通，雪韻姐竟會自殺，她怎麼可能會自殺？她膽子那麼小，連見到血都會怕得暈倒。

「至於雯怡，她是三姐妹中最有個性的，敢作敢為，為人很豪爽，有時候還會搞出一些無傷大雅的惡作劇，但是鎮上每個人都很喜歡她。」小三子臉紅了一紅。

嘿嘿，莫非他對張雯怡有意思？我暗自笑起來，沒想到那小子的資料還不是普通的詳細。

「對了，你知不知道一個叫李庶人的遊客，他兩年多以前來過？」突然想到些什麼，我問道。但一想每天旅館裡來往人數那麼多，要記住一個人是很渺茫的事情，也不怎麼抱希望。

沒想到小三子的回答居然那麼爽快，「知道，他來那天我正好在店裡幫忙。他聲稱自己是二十五年前那個怪人的兒子，想要拿回父親以前放在這裡的東西，然後就住進了那個怪人的房間。」

小三子回憶道，滿臉稀奇的表情，「那傢伙不愧是怪人的兒子，他自己也是個怪人，李庶人在這裡住了有半年，每天就像他父親一樣徘徊在地下室和客房之間，連吃飯都要送進他的客房裡，有一天他突然不辭而別，就那麼走了。

「不過伯母事後覺得很奇怪，二十五年前那個怪人應該什麼都沒有留下來才對，李庶人口頭裡說的東西到底是什麼？最後他是不是拿走了？我們這個鎮的人，當時幾乎把這當作茶餘飯後的閒聊，猜了好長一段時間。

「咦，我想起來了。」小三子突然從地上跳起來，「就是那個李庶人！自從他走後，秀雯姐才堅持要出去打工的。那時我就覺得他們兩人有問題，難道秀雯姐是出去找他？」

我一聲不吭的靜靜坐在地上，腦袋幾乎要被小三子提供的龐大資訊給壓塌了。

過了好久，我才艱難的整理出了一些東西，二十五年前來到黑山鎮的怪人，一定就是李庶人那個不老的怪物！但他為什麼偏偏會到這裡來？來做什麼？而且他居然還租下了旅館的地下室……

難道他會是個科學怪人，刻意躲在這窮鄉僻野，做什麼有關不老不死的研究？靠！這種只有不入流科幻電影裡才會有的跛腳劇情，怎麼可能出現在現實生活中！

那麼他究竟來幹什麼？他留下了什麼？兩年前他為什麼還要回來，是來放東西，還是來將以前留下的東西帶走？不對，他應該沒有帶走任何東西，否則他也不會留下寫有「黑山鎮六街十五號，我有東西寄在那裡，有緣人可取之。」字樣的紙條。

那麼，他留下的東西究竟在哪裡？到底是什麼？還有一個疑惑，三十年前，有個村姑的屍體變成所謂的厲鬼索魂，她的臥室就正好在現在這旅館的地下室……它們之間是不是也有什麼關聯呢？

「喂，你怎麼了？發什麼呆啊？」小三子對一直呆坐著不動的我大叫了一聲。

我極不情願的回過神。

那小子又向我眨了眨眼睛，小聲說道：「對了，姥姥不是要你找雪韻姐的屍體嗎？或許我有辦法，今天晚上八點，在河邊的那棵老榕樹下等我，不見不散！」

說完後，他就急忙跑掉了，連讓我拒絕的機會都不給，都不知道那傢伙搞得神神秘秘，到底想要什麼花樣？

□

寂靜的夜，上弦月優雅地灑下黯淡的光芒，照在榕樹四周的大片土地上，這不但無助於視野的提高，反而讓眼前模糊了起來。好陰冷的夜！我打了個冷顫，用手抱住胳膊。該死，都八點十五分了，那傢伙竟敢放我鴿子，看我明天怎麼整死他！

冷得受不了，正想打道回府時，突然看到一個黑影飛快朝這裡跑來。「對不起，有一些東西要搞定，所以遲了一些才到！」小三子低聲喊道。

「你準備了什麼？」我接過他背上揹的袋子翻看起來。

不看還不怎樣，一看真被嚇了一大跳，那袋子裡裝得滿滿的全都是稻草人，樣子和幾天前，在河邊看到他們尋找張雪韻的屍體時一模一樣，只是尺寸更小一點。

「你就是為了準備這些？」我哭笑不得地說道：「老兄，我們現在是要找丟失的屍體，我還以為你會有什麼好辦法呢！結果又是老套。現在想幹什麼，招魂還是讓她的屍體自動走出來？」

小三子沒有理會我的諷刺，指著前邊的山坡說道：「等一下我們到了那山坡，你朝左邊走，我往右走。每走三十步就抓一把稻草人用力甩出去，有多遠丟多遠。我們到坡頂會合，如果張雪韻的屍體在那裡的話，稻草人就會站起來。」

我不可置信的往袋子裡那些平凡無奇的稻草人看了一眼，「真有這麼神奇的事？」

小三子衝我笑了笑，「這些稻草人可以感受屍氣。你剛來這個鎮上的時候，不是見識過它怎麼找到雪韻姐的屍體嗎？相信我沒錯的！」

我狐疑地看了他一眼，「就算這些玩意兒真有那種魔力，那你怎麼知道她的屍體一定會在這塊山坡上？」

「能不能不說？」小三子為難地看著我，見我毫不猶豫地搖頭，他嘆了口氣，「今天早晨是我第一個發現雪韻姐的屍體不見的，本來我還懷疑是你因為某種目的偷走了，但不久便推翻了這種想法。然後我想到了雯怡，她那麼愛自己的姐姐，一定不願意雪盈姐死後被燒掉，連個全屍都沒有。」

他望了望不遠處的山坡又說：「這個小鎮就巴掌大一個地方，每家每戶都是認識的，又沒有空著的房子，想要藏東西很難，想要藏一具屍體更是難上加難。所以唯一的選擇就只有那個山坡。

「從小我、雪韻姐和雯怡就愛在那裡藏東西，可以說這是我們的秘密基地，那個山坡雖然不大，但是地下有許多大小不一的暗洞，洞的洞口即使在白天也很難看出來，如果是我的話，我也會把雪韻姐的屍體藏在這裡！」

「真是精采的推理！」我鼓掌道。

還是俗話說得對，看人不能看表面，小三子這傢伙看起來又憨厚又沒頭腦，居然會有這麼強的邏輯，不過說真的，他的方法倒是值得一試，至少比我現在毫無頭緒，不知道要從哪裡入手強多了！

夜很陰暗，從頭頂灑下的月光，更是為這個山坡徒增了一份陰森的感覺。北風呼嘯著，夾雜著寒氣如刀般割在臉上。如果是在家裡的話，相信我現在應該一邊喝著熱呼呼的巧克力牛奶，一邊蹺著二郎腿坐在按摩椅上舒服地看電視吧。唉，越來越不懂自己在想些什麼了，有福不會享，偏偏為了滿足自己任性的好奇心，跑到這裡來受罪！

一邊在心裡默默數著步子，一邊自怨自艾，隨手又將一把稻草人用力丟了出去。自己應該是無神論者吧，雖然漸漸開始相信，世界上有很多用科學無法解釋的神秘事件，但現在的我又在幹些什麼？學那些我一向都看不起的神棍，又撒那些無聊的稻草人，又在禱告希望它們快些感應到張雪韻的屍氣，有沒有搞錯？我覺得自己都快要變成個神棍了！

我看了一眼手裡的稻草人，這些東西真是做得醜！越看越醜！它們不過是稻草做成的人形而已，難道這樣就真的會被賦予某些力量嗎？

雖然自己確實看見，被丟到河裡的稻草人，違反任何物理學原理停留在湍急的河流中心，但這也不能說明什麼。萬一那只是個巧合呢？只是那裡有一個暗渦流，或者有什麼東西把稻草人勾住了，如果真是那樣，竟然會蠢得相信的我豈不是糗大了？

山坡已經走上了一大半，越想我就越沒有信心，算了，撒完這最後一把，我看我還是回旅館去吧。我拉了拉外衣，在袋子裡又抓起一把稻草人用力扔了出去，正要轉身打道回府，突然一幕畫面映入眼簾，我吃驚地呆掉了。

只見落在枯黃草地上的稻草人猛地動起來，就像有生命一般。它們用纖細的手撐起身體，慢慢的，一點一點的向我爬過來，徹骨的寒氣頓時從腳底升起，爬上背脊，又爬上了後腦勺，我幾乎感覺頭髮都一根根豎直了。

恐懼！是恐懼！那種熟悉的恐懼感，在我的腦中還記憶猶新，一如我又回到了昨晚的午夜。

我全身怕得顫抖，只感到有什麼東西緩緩的向我移動，發出刺耳的難聽噪音。那噪音就像有什麼笨重的物體在尖利的石頭上拖行，又像是用指甲在光滑的玻璃上用力地劃動。

但沒想到這居然是我聽到的最後一絲聲音，突然眼前一黑，到黑山鎮的第三天晚上，倒楣的我第二次被打暈了過去……

第十二章 屍變

耳邊，不斷傳來喧譁聲，吵得我再也睡不下去，於是我醒了過來，張開眼睛，發現自己正躺在二樓的客房裡，門好好地關著。清晨的陽光如金色的絲緞般照射在身上，很暖和，我用手梳了梳頭髮，腦袋裡一片空白。就像昨晚在山坡的經歷只是一場荒誕的夢。

不過當我的手指偶然碰到頭上一左一右兩個包，和衣服上的雜草泥土時，我的想法變了。這幾天的經歷果然不是一場噩夢。

昨晚究竟是誰打暈我？又是誰發現我，還好心的把我從幾公里外的山坡上揹回來？是小三子？還是張雯怡？

猛地翻身跳下床，我向樓下走去。喧譁聲是從旅舍的大廳裡傳出來的，那裡聚集了很多人，伯母伏在靈臺上大聲哭著，嘴裡不斷在咕噥什麼。

那群人一見到我，頓時都安靜了下來，他們面無表情地盯著我，視線中似乎夾雜著某種不太友善的感情，場面很冷！

咦，奇怪，這種熟悉的場面，不就和昨天早晨一模一樣嗎？為了稍稍緩解這種氣氛，我像昨天一樣，一邊撓頭，一邊笑容可掬的問道：「都在等我嗎？這裡又發生什麼事了？」

「有人淹死了。」小三子面無表情地說。

「誰死了？」我好奇的往靈臺上望去，那裡果然用白色的布單蓋著一具屍體。

「是個剛到這裡的遊客。他晚上一個人去河邊遊逛，結果被浮屍鬼拉進水裡，做了替死鬼。」小三子目光呆滯地望著我，聲音尖銳刺耳，但語氣裡竟然絲毫沒有抑揚頓挫的音調。

「這裡除了我，還會有別的遊客？」我驚訝地問：「你知不知道他叫什麼名字？」

「他叫夜不語，是個好人。」小三子呆板地答道。

我頓時如被雷電擊中一般，全身僵硬，過了好一會兒才回過神來，吃力地笑著：「你小子在開我什麼玩笑？我又哪裡得罪你了？」

小三子詭異地笑起來，他看著我，一字一字的緩緩說道：「我沒有開玩笑，他的屍體就在那個靈臺上，不信你過去看看。」他抬起手指向靈臺。

我努力抑制著全身的顫抖，舔舔嘴唇，一步一步慢慢向靈臺走去。每多一步，內心的恐懼就增加一點，幾步路的距離，突然像變得無窮無盡似的，我移動，哆嗦，最終走完了這沒有窮盡的距離，來到靈臺前。

臺上的屍體明顯是個男人，並不高大，但恰恰和我的體型一模一樣，我再也受不了這種折磨，伸手將白色的被單拉了起來。

那具屍體的臉露了出來，很熟悉，不！應該說他的樣子我每天都會在鏡子裡看到，他，赫然就是我！

「哇！」我驚叫著從夢裡醒過來，呼吸急促。是夢！還好是夢！好真實好可怕的噩夢。我從躺著的東西上坐起來，四周黑乎乎的，什麼都看不到，於是我伸出雙手向周圍摸索，想找找有沒有什麼可以用來照明的東西。

突然手按在了兩團既柔軟又溫暖的物體上，感覺什麼人「嗯」了一聲，似乎是想叫又怕被人聽到，拚命捂住了自己的嘴。隨後又聽到「啪」的一聲脆響，耳朵還沒辨別出是什麼聲音，已經感到臉上火辣辣地痛起來。

「色狼。」有個女孩嬌嗔的輕聲罵道。

「是雯怡嗎？」我試探地問。

只聽那女孩氣呼呼地說：「當然是我，這麼快就把本姑娘的聲音忘了？」

果然是那個花了好大功夫遍尋不著的小妮子！

我嘻皮笑臉地說道：「哪會，就算我的聽覺健忘，觸覺也不會那麼快忘掉的……」

還沒等說完，突又感到大腿上一陣痛，想也知道是她氣憤的用大拇指和食指，在我的腿上濫用私刑，我頓時大叫饒命，伸出手去，將她的小手握到了掌中。

那雙滑膩的手頓時停止了動作，呆愣的任憑我捉住。突聽耳邊傳來長長的一聲嘆氣，有個柔軟的身子，帶著一陣似若幽蘭的處女馨香靠近了我懷中。張雯怡緊緊地抱著我，靠在我肩膀上輕聲抽泣著。

我為難地撓撓頭，自己從小就不知道，該怎麼安慰女孩子這種捉摸不透的生物，只好緩緩地拍著她的背，任憑她哭……

「謝謝你。」張雯怡拉出我的內衣擦乾眼淚，用沙啞的聲音說道：「昨天早晨我躲在樓梯下的夾層裡什麼都看到了。奇家來搗亂時如果沒有你，我真的不知道該怎麼辦才好。」

「所以妳就好心在我這個恩人頭上送了兩個包，還外加一個耳光？」我沒好氣的說道。

「什麼嘛，男子漢大丈夫，這點小傷算什麼。大不了我幫你揉揉！」說著她在我懷裡動了動身子，抽出手輕輕地按摩起我的頭皮：「還痛不痛？」她柔聲道：「你知不知道，如果不是我把你打暈，恐怕你都死翹翹兩次了。」說完又挪動身體，抬頭對包上哈了幾口氣。

「怎麼回事？」感覺頭上一陣酥麻，說不出的受用，頓時大腦功能也恢復正常了。我這才想起自己還有大量疑問需要她來解答。

張雯怡用食指按住我的嘴：「不要問，知道太多了你會很危險。」

「什麼都不知道才更危險。」我反駁道。

張雯怡輕聲嘆了口氣：「夜不語，你根本就不知道我想幹的事情有多危險，我不想連累你！」

「我已經被妳連累了。」我緊緊地摟了她一下，問：「妳到底想幹什麼？有什麼我能幫妳？」

不知是不是我的錯覺，那一瞬間，周圍的空氣似乎冰寒起來，只聽張雯怡冷哼了一聲，「我要替姐姐報仇，我要讓奇家家破人亡，斷子絕孫！」

「妳想殺光他們？」我大吃一驚，慌然勸阻道：「那是犯法的，而且妳一個女孩家怎麼做得到？」

「我就知道只有你關心我。沒關係，放心，姐姐會陪著我的，她會幫我。」

「但妳姐姐只是一具屍體，她……她又……」突感到一雙濕滑的小手撫摸起我的臉，我頓時什麼也說不出來了。

「還疼嗎？對不起，我那一巴掌打得很重。」張雯怡在我耳邊喃喃說道，馨香的呼吸吹進我的耳朵裡，癢癢的，讓人一陣酥麻。「我要走了，這可能是我們最後一次在一起，以後千萬不要再來找我，就當我求你，我真的不想你出事！」她掙扎地坐起身，突然又猛地撲倒在我懷裡。

只覺得軟玉溫香抱了個滿懷，一種柔軟濕滑的觸感開始接觸在嘴唇上，如同一股潮暖的香氣撲鼻而來，熏人欲醉，腦子頓時變得混亂起來，身體也開始僵硬了。還沒等我弄明白到底發生了什麼事情，便已被濕軟滑膩的柔軟舌頭深入嘴中……

吻，不知持續了多久，當我回神時，懷裡的軟玉已經不在了，四周一片安靜，如果不是身上還留有不屬於自己的體溫，和催人欲醉的馨香，我幾乎會懷疑自己是不是還在夢裡。

磕磕碰碰地走向剛才躺的地方，我摸索了好久才找到燈的開關，拉下去，周圍頓時亮了起來，一直都在黑暗裡的我突遇到強光，不由得閉上眼睛，等到感覺已經適應了，才緩緩張開眼環顧起四周。

天哪！我竟然會在旅舍的地下室裡，而自己一直都躺在那唯一的一樣傢俱——那張有著恐怖傳說的正對著門的床上！我不由得打了個冷顫。周圍空蕩蕩的，一個人也沒有，更沒有任何可以藏得住人的東西。那張雯怡到哪裡去了？張雪韻的屍體呢？

看張雯怡做事小心翼翼的樣子，她絕對不是從地下室的門離開的，那麼，這裡是不是有個通向外邊的暗道？我剛想要徹底檢查一次，昨天已經看過不知多少次的地下室時，突然聽到大廳那邊傳來一陣吵鬧聲。

不知為何，沒來由的想起了剛才所做的夢，我苦笑了下，開門走了出去。還是先看看外邊又出了什麼狀況吧，其他的事，以後再來做。

「奇老爺子死了！聽說屍體是被下游一個早起網魚的漁民網起來的。死狀很慘！脖子被人用繩子勒斷，死後兇手還用刀將他的喉管割破了放血，太殘忍了！」

「會不會是厲鬼索魂？他死的情況，和三十年前那個村姑的屍魂所殺的人一模一樣。會不會是雪韻那丫頭的詛咒？」

「我看準是這樣沒錯。造孽啊造孽，奇家霸道了幾十年，看來就要被滅族了。」

還沒走到大廳，就已經聽到鎮上許多好事的人圍到旅館裡議論紛紛，我自然也聽出了個大概。

小三子眼尖，老遠就看到了我，立刻跑了過來埋怨道：「你昨天晚上到哪兒去了？我差不多在山坡頂上等了你一夜，最氣的是天還下過雨，我又怕你出事，冒著雨到處找。你倒好，結果是回來睡舒服覺，也不打聲招呼，害得我差些得傷風！」

我沒理會他，壓低聲音說道：「我找到張雯怡了。」

小三子頓時欣喜若狂：「真的，她在哪？」

我搖搖頭，「我是在山坡上找到她的，被她打暈了。結果醒來時，就發現自己和她待在地下室裡，和她沒說幾句話，她就突然走了。」

「你沒有留住她？」小三子大為失望。

我苦笑了一聲，不由摸摸自己的嘴唇，那上邊似乎還留有她柔軟唇瓣的甜美感覺。

「我擔心她現在的處境很危險。」用力甩開無聊的綺想，我擔心地說。

「你是什麼意思？」小三子吃驚地問，聲音不由提高了幾度。

我對他「噓」了一聲，小聲說：「你沒有聽到周圍人說的事情嗎？」

「知道，不就是奇老爺子死了。這有什麼大不了，那老傢伙作惡多端，惡貫滿盈，早就該打入地獄裡了。」小三子滿不在乎地說。

「但你知不知道？」我看了他一眼：「現在整個鎮上，都流傳說是張雪韻變成你們口中所謂的什麼厲鬼索魂，奪走了奇老爺子的命，還有可能要殺光整個奇家。這種流言對誰最不利？」

「當然是雪韻姐了。」

有沒有搞錯，虧我昨天還誇獎他有邏輯，真是看錯人了。

見他腦袋總是開不了竅，我沒好氣地解釋道：「雖然流言中說作祟的是張雪韻的屍體，但是現在大家都懷疑，是張雯怡帶走了你們雪韻姐的屍體，那麼奇家想要報復，或者想要解除所謂的詛咒，一定會想方設法先去找張雯怡的！」

「奇家的人那麼粗暴，如果被他們找到雯怡的話……」那小子總算想通了，他驚叫一聲：「雯怡有危險！天！我們該怎麼做才好？」他猛地抓住我的肩膀焦急地問，急得活像是熱鍋上的螞蟻。

「用膝蓋想也知道，我們要第一個找到她，然後把她藏起來，叮囑她千萬不要亂跑！這件事要快！」我輕輕推開他，揉了揉被他捏痛的肩膀。

「對啊！我真笨，這麼簡單的東西都想不到！」小三子用力打了一下自己的腦袋，轉身就向外跑。

突然想到了某些東西，我拉住他問道：「假如將黑貓的血，滴在像張雪韻那種情況的屍體上，會有什麼事情發生？」

「屍變！」身旁一個沙啞的聲音回答了我，神婆用她乾枯的手一把抓住我，驚然問：「你怎麼會想到問這個？是不是在雪韻屍體不見的那個晚上看到過什麼？」

我思忖了一下，決定說出事實：「沒錯，在她的屍體不見的時候，我確實在靈臺旁邊看到隻黑貓的屍體。那隻黑貓被割斷了喉嚨，身上的血全部放光了，我還在張雪韻的蓋屍布上邊發現大片血跡。」

神婆頓時像被雷電擊中一般，整個人都僵住了，許久才無力的對我說道：「作孽啊作孽。小夥子，希望你在明天太陽落下之前找到雪韻的屍體，不然一切都晚了。厲鬼索魂，不光是奇家，恐怕整個鎮子裡都會有血光之災！」

第十三章 階下囚

小三子剛走，奇家就帶著一群狗腿來旅館鬧事。

「把張雯怡那臭丫頭和張雪韻那賤貨的屍體交出來！」奇石木一腳踢開大門對張伯母叫道。

「嘿嘿，厲鬼索魂，你們奇家好福氣啊！」張伯母伏在靈臺上神經質地笑起來，「你們奇家全都不得好死。雪韻果然是我們張家的女人，我女兒絕對不會白死的，要死也要拉你們奇家全家去做替死鬼！」

「臭婆娘。」奇石木抓起張伯母的衣領狠狠搧了她一耳光，「把她抓起來，我就不信張雯怡那個臭丫頭會不來救她的爛貨老媽。」

我冷哼一聲，強忍住怒氣推開他，「你不要太過分了，現在是法治社會，什麼都要講究證據，你憑什麼抓伯母？」

「哼，法？」奇石木嘲諷道：「這裡天高皇帝遠，老子的話就是法。媽的，再不讓開，小心我連你一起抓起來！」

「你敢。」我伸出手隔在張伯母身前。

「臭小子，這是你自找的！」奇石木揮揮手，他的那群爪牙頓時會意的一擁而上，將我按倒在地上。

眼見不對，我急中生智的高聲煽動起圍觀的人：「鄉親們，你們忍心看一個無辜的女人被他們抓走嗎？還有沒有天理啊？你們想一想，今天他們可以抓走張伯母，明天也一樣可以把你們、甚至你們的親人、兒女抓去關起來。你們不覺得生活在這種霸權下，很冤很沒有安全感嗎？」

我竭力呼叫，聲淚俱下，大有英雄就義，輸人不輸志的豪情。旅館裡的人果然被感動了，紛紛怒喝奇家放人。

奇石木抄起一旁的油燈狠狠砸在靈臺上，摔得粉碎，大聲說：「這是我們奇家和張家的私人恩怨，如果誰還想要插一腳的話，不要怪我不客氣！」

蠢蠢欲動的人頓時一片安靜。靠！這群傢伙果然靠不住，他們在奇家的淫威下生活得實在太久了，下意識在腦中產生了一種屈膝哈腰的奴才概念，這種概念絕對不是我幾句大話可以消除的。

「委屈你們了。」奇韋抱歉的對我笑笑，壓低聲音說：「不要怪我大哥，他為人就是太衝動了。別擔心，我會慢慢勸他的。」

我苦笑著搖頭，任憑奇石木和他的一干爪牙將我和張伯母帶回奇家大宅，關進了私牢裡。

那是個很大的地牢，結實的原木交錯著，將這偌大的空間，隔成了一個又一個大概只有三、四坪的小隔間。

剛到時我幾乎不敢相信自己的眼睛，這種只有在電影裡才能見到的監牢，沒想到我不但有幸見到，而且還住了進去。有生以來第一次被人關押，我撓撓頭，竟然什麼辦法也想不出。只好氣悶地靠著牆坐下，不斷打量四周，希望找出什麼有機可乘的漏洞。

「小夥子，這次連累你了。」在一旁的張伯母突然說話了，她的表情很鎮定，完全看不出和不久前那個十足神經質的歐巴桑是同一個人。

「伯母，妳怎麼和剛才不一樣了？」我吃驚得舌頭打起結來。

張伯母笑道：「你以為我真的瘋了？雖然我是很膽小又懦弱，但我並不笨。我才不信雪韻真的會自殺，她可是我女兒，自殺？哼！裡邊一定有問題，說不定是因為發現了奇家的什麼秘密，才會被殺了滅口的。」

「所以妳才裝出一副神經病的樣子，免得奇家來找妳和張雯怡的麻煩？」我恍然大悟。

佩服她的同時，不由得心裡不舒服起來，看來這個鎮上每個人都不簡單。那個神婆總是一副苦天下之苦、急天下之急的菩薩模樣，但形跡可疑，一會又說什麼厲鬼索魂、一會又傳言什麼會屍變，一副唯恐天下不夠亂的樣子，大有問題！

而這個我一直都認為是悲劇人物的張伯母，從她剛才的那一番話上，就可以看出她絕非善類，至少她肯定是個聰明人。

在我的分類中，聰明而又喜歡深藏不露的人有兩種，一種是有某種目的，另一種是有某些羈絆，不管她是哪一類，我看自己都要防備她一點了，不過最讓我頭痛的還是奇石木的弟弟奇韋，他絕對是個最難應付的人。

乍看之下，他的確有點像是君子，引用小三子的話說，就是在奇家中還比較像個人，但我的直覺告訴我，他的城府很深，而且絕對沒有表面上那麼大度。

在我的分類中，君子也有兩種人，因為如果有一個君子可以長久保持良好的聲譽的話，那麼就只有兩種可能，要麼他是真正的君子，要麼就是個真正的小人。唉，奇韋他到底會是屬於哪種人呢？

我用手苦惱地按摩著太陽穴，思緒飛快的轉動。俗話說有其母必有其女，張雯怡和張雪韻說不定也沒有從前自己想的那麼單純。張家和奇家，他們之間是不是在互相利用對方行使某個陰謀？如果真是這樣，那我變成現在的處境豈不是很冤枉？

張伯母見我默不出聲，也不再說什麼，呆呆地望著頭頂看得有滋有味，這樣乏味的狀態不知持續了多久，只聽地牢外傳來一聲悶響，接著有個腳步聲向我們快步逼近了。我定睛一看，來的人居然是令我頭痛的奇家二少爺，奇韋。

「快！你們快跟我走！」奇韋滿臉焦急地打開監牢的門，小聲說道：「大哥決定今天晚上在鎮裡的廣場，對你用私刑逼張雯怡出來，他急瘋了，竟然想凌遲你！」

「凌遲？」我一時沒有反應過來。

「這是以前最殘酷的死刑，受刑者會被劊子手用遲鈍的刀，把身上的肉一點一點地割下來。先割不重要的部分，讓受刑者看著自己的皮肉慢慢地離開身體，血流出，變得骨肉模糊。割夠一千刀才會抹斷受刑者的脖子。太殘忍了！我實在是勸不住我大哥。」奇韋解釋道。

我靠！竟然和我看過的某書上描述的一字不差，真難為他背了這麼長的一段了。臭傢伙，他以為我夜不語是嚇大的啊，現在的社會，就算是土皇帝也都不敢濫用私刑，更何況是所謂的凌遲了。

我故作驚慌地問：「那我該怎麼辦？」

「我豁出去了，放你們兩個走。我實在不想看到自己的親哥哥犯法，就算我被他逐出家門都無所謂。」奇韋說得聲淚俱下，一副大義凜然的樣子。

表情工夫做得比我還拉風，我在心裡一邊大罵他家歷代祖宗，一邊苦笑道：「還是算了，我不想連累一個這麼講義氣的好人。」去，這個王八蛋，不要以為我長相老實，就以為我比較好利用。

奇韋果然焦急起來，「快走，看門的是被我打暈的，萬一他醒過來就誰都跑不掉了。」

我腦內突地靈光一閃，總之待在這裡也是白待，什麼都做不了，況且現在的我也沒有任何頭緒，不妨與虎謀皮，看看那傢伙到底想要幹什麼。

微一思忖，我用詢問的目光不露聲色望向張伯母。她顯然猜到了我的意思，在地上撿了一根不知什麼的骨頭，狠狠朝奇韋扔去。

「滾！你們都給我滾！我做鬼都不要姓奇的人來救。」她面目猙獰的朝奇韋撲過去，用力的又抓又咬，那隻小狐狸拚命地推開她，竭力隱藏著自己的怒氣，不敢在我面前太過分。

我暗自笑著，用力將張伯母拉開。

「小夥子，這個奇韋絕對不簡單，與虎謀皮，小心得不到虎皮反而被他一口吃掉。」張伯母低聲在我耳邊說道。

我小心地看了看坐在地上，一個勁兒揉著自己傷口的奇韋一眼，冷哼道：「從小到大，我沒被人佔過什麼大便宜，我倒要看看這隻不太看得起我的老虎，到底會是先吃掉我，還是被我取了虎命，割了虎皮！」

□

與虎謀皮，在心理學上一般要遵循兩個基本概念：一、是絕對不要讓對方知道，你已經發現了他是一隻披著人皮的虎；二、你的行為處事要處處收斂，不能表露得太老練、太聰明，至少在表面上處處讓對方覺得他高出你不止一籌、佔盡先機、勝利在望，這對我來說確實有點難度，引用表哥夜峰的話來說，我是個容易鋒芒畢露的人，不管在哪裡都會顯得與眾不同。

雖然話裡都是因為遇到麻煩有求於我之前的恭維，但也不難看出，我這個人不善於表面工夫。

奇韋那隻小狐狸明顯在心裡笑，我猜得出他在笑些什麼，因為我注意到張伯母不願和我們一起走的時候，他有一瞬間露出欣喜若狂的算計笑容。

看來他也知道張伯母並不是什麼便宜貨色，把我一個人騙出去，和我獨自行動的話，對他有利得多，他的勝算也大得多。那傢伙，他的心裡究竟在打什麼算盤？好奇心一熾熱起來，我首先忍不住了，決定不著邊際的開始套他的話。

「奇老哥，你大哥開刀為什麼不找張伯母，偏偏會先選我？」這確實也是我的疑惑。

奇韋一邊在前快步走著，一邊心不在焉的答道：「也許你沒有發現，或許張雯怡自己說不定都沒有發現，她看你的眼神有些奇怪，那是張家女人喜歡上一個男人的特徵。但麻煩的是我大哥偏偏發現了，他很清楚，張家的女人如果喜歡上一個男人的話，會為他付出什麼。嘿，夜不語老弟，你知不知道她們會付出什麼？」

「不知道？」我配合地搖搖頭，心裡大為吃驚。原來張雯怡喜歡自己，難怪今天早晨和我在地下室時舉動會那麼奇怪，想著想著，臉不由得紅了起來，我這個人對感情真是越來越遲鈍了！

「是命！自己的命！」奇韋轉過頭對我怪笑道：「張家的女人真的很奇怪。她們可以毫不猶豫的為自己喜歡的人付出一切，而且毫無怨言，但是如果你接受了她們的愛後負了她，甚至欺騙了她，就算她死了，也會拖你一起下地獄！所以我大哥才會那麼怕張雪韻的屍體復活，每天疑神疑鬼的覺得她會回來找他，隨時都會索要他的命，最近這種恐懼越來越惡化，都開始變得神經質了！

「其實別看我大哥平時沒有什麼頭腦，但一說到耍手段，他就是絕對的行家。」奇韋想了想又說道：「先拿你開刀還有另一個意義，如果他猜錯了張雯怡對你的感情，至少還有張伯母這張王牌，第二天再繼續折磨張雯怡的神經也不算晚。」

「果然夠狠！」我苦笑道。

靠！什麼玩意兒嘛，大哥，出來混口飯吃而已，不用把謊話撒得這麼真真假假的吧，害得我都開始懷疑他到底是不是在對我撒謊了，說不定他或許真是個好人？內心幾乎有一瞬間動搖。

我吐出口氣，用力抹掉額頭上的冷汗，這個奇韋，果然不是一隻普通的老虎，逢人只說三分話，最讓我煩惱的是他把真話都說足了，就是不知道他說的那些，真的是他大哥所為，還是他自己一個人編出來的。

「現在我們要到哪裡去？」我開始選重點問。

「送你出這個鎮。」奇韋面色凝重地說：「你得罪了我大哥，也就意味著在這個鎮沒有任何立足之地了。你最好快些離開，走得越遠越好，千萬不要被我大哥的勢力發現。」

「那你怎麼辦？」我不動聲色的又問。

奇韋長長嘆了口氣，「我救了你，也在奇家沒有任何地位了。我會先留在這個鎮看看情況，如果天要滅我奇家的話，我也沒什麼好說的。最多和大哥一起死吧。」他偷偷瞥了我一眼，想看看我有什麼反應。

我果然沒有讓他失望，緩緩地說出一段非常令他受用的話，「沒想到奇家有你這麼夠義氣的人，我還有什麼臉一走了之？我絕對不會離開，我幫你找到張雪韻的屍體，然後讓你交給你大哥，這樣就皆大歡喜了！」

我心裡當然有自己的算計。被這個奇家的二公子利用的話，反而不會被奇家礙手礙腳，說不定在許多方面他們還會為我大開方便之門，而自己現在的目的，就是要找出張雪韻的屍體，至於找出以後交給誰、會怎麼樣就是以後的事了，只要我高興，應該隨時都可以把握形勢的。

很久以後每每想到這裡，我都會為自己的狂妄後悔不已，事實證明，自己當時的想法錯了，大錯特錯！我完全高估了自己的能力。就因為這一秒鐘的失誤，幾乎造成了一場悲劇，一場我即使在夢中也羞愧得不敢面對的悲劇……

第十四章　焚屍

「那傢伙真的可靠嗎？」

回到旅館裡，我將前因後果告訴小三子，並在他面前大唱讚歌，把奇韋從頭到腳都誇獎了一遍。那隻小狐狸心裡暗爽，全身飄飄然地都快要飛了起來。小三子終於受不了了，將我拉到一旁小聲盤問。

「不可靠。」我毫不猶豫地搖頭。

「那你還要和他合作？」小三子大為埋怨。

我笑起來，「你不是說，那個奇韋在整個奇家算是比較像個人的嗎？」

小三子哼了一聲，「像人和是不是人根本就是兩回事，我不想雯怡有危險！」

「放心吧，我會處理好的，總之現在我和他的目標幾乎是一樣的，送上門的東西如果不好好利用的話，我會被良心譴責。」我用力拍拍他的肩膀說道：「還是說說你今天的發現吧。」

小三子剛要開口，突然被我用手阻止了：「在那隻狐狸面前講，要利用別人，首先要讓對方認為你絕對信任他。」

「夜不語，你這傢伙！」小三子苦笑起來，「你不覺得做人做得像你這樣會很累嗎？你算計人的心理，完全超出你的年齡好幾倍了。」

「要你管。」我瞪了他一眼，「你有閒工夫操心這些，還不如多用腦子歸納一下自己找到的線索！」

雖然不滿，但小三子還是拿出筆和紙，伏在桌子上向我們邊畫邊解釋起來：「首先我調查了山坡。根據夜不語的描述，今天早晨他還和雯怡在一起，但她突然就不見蹤影，那時候我一直都待在旅館的大廳，而整個地下室又只有一道門，如果雯怡是從正門走出去的，我不可能沒看到。所以我初步懷疑，地下室裡有一條暗道，那個暗道應該是通到夜不語昨晚暈倒的地方附近。」

他在旅館和我們昨天晚上去過的山坡之間，畫了一條直線，繼續說道：「但是山坡離這個旅舍最短距離也有一公里遠，而且這段距離裡住戶又雜，每家每戶都還挖有很深的私井，我實在想不通，到底有誰能有那麼大的能耐，可以挖出這麼一條又深又長的暗道。」

「有問題。」我舉手問：「你憑什麼認為暗道是連接在山坡和旅舍之間？」

「很簡單。體重！你以為你很輕啊，像雯怡那樣的纖纖弱女子，就算能揹動你，也不可能揹一公里之遠。更何況我說的一公里還是直線距離而不是實際距離。此外我還有一個最有力的證據。夜不語，你回想一下，雪韻姐屍體失蹤那晚，雯怡將你鎖在房間裡，你花了多久跑到大廳？」

「大概二十幾分鐘。」我用手指輕輕地磕在桌子上，計算了一下。

「這就對了，當你到大廳後，雪韻姐的屍體和雯怡都不見了，她憑什麼可以那麼快就將雪韻姐的屍體搬走？而且還在這段時間，悠哉悠哉地殺了一隻黑貓，放了牠的血！」

我淡然笑道：「我不知道那隻黑貓是不是她殺的。而且我也不能排除她是躲了起來，還伺機把我打量。」想到張雯怡那傢伙不止打量了我一次，我是又好氣又好笑。

「但你也不能排除有這條暗道的可能。」小三子望了我一眼。

我點點頭，思忖道：「的確有這個可能。不過既然你說這條暗道非人力能完成，那麼會不會是天然形成的？昨晚我們去的山坡，不是有許多天然形成的暗洞嗎？如果有一條特別深特別長而且直通到旅舍的地下室下面，也並不是不可能。」

小三子用力地敲了敲左手，「對了！我怎麼會沒有想到。」

「你……你不會一整天的時間都用來調查這些吧？」突然想到了什麼，我瞪大眼睛盯著他。

小三子頓時不好意思地笑起來：「抱歉，因為覺得很奇怪就多調查了一陣子，結果不小心就弄到天黑了。」

「你這傢伙！」我有一種想要把他碎屍萬段的衝動。

便在此時，一直在旁邊默然聽著的奇韋說話了，「如果要想知道有沒有暗道，其實也很簡單，直接找找地下室就好了。」

「沒用，今天我已經在裡邊找了一整個下午，結果什麼收穫也沒有。」小三子立刻說。

「其實再去找找也無妨，總之也沒有其他的線索。」我沒有理會他，和奇韋徑直朝地下室走去。

我在前邊曾經多次描述過這個地下室，但每多看一次，都會覺得那裡又多了一分陰森。想到昨天自己竟然在這個鬼地方睡過一夜，就不由得打了個冷顫。

這個地下室如果作為一間客房的話，算是很大，它有十來坪，格局方正。由於裡邊只放了一張單人床，所以給人一種一目了然的感覺，床是隨處可見的彈簧床，床下鏤空，並沒有什麼特別奇怪的地方。

不過這鬼地方真讓人不舒服！強忍著莫名其妙的恐懼，我在整個地下室東走走、西跳跳，折騰了好一會兒後，又開始拿榔頭滿牆壁的亂敲，但都沒有找到任何疑點。

「怪了！難道沒有暗道？」我大為驚訝地咕噥起來。根據自己以往的經驗，暗道即使離開起點再遠，在那麼大力的敲擊下，也應該發出一些細微的空洞聲音。我向奇韋望去，此時他也放棄了，衝我無奈地聳了聳肩膀。

「算了，還是採用簡單明瞭的方法，直接到我昨晚暈倒的地方去找。」我沒好氣的揮動手臂，率先走了出去。

突然感覺背後有一對陰冷的眼睛在盯著自己看，我強忍住沒有回頭，因為自己可以肯定，那雙眼睛的主人正是那隻叫奇韋的狡猾狐狸，難道是我有意無意的表現出什麼，讓他對我有了戒心？

唉，要謀這隻虎的皮還真是不得輕鬆，看來我有必要儘快在他頭上插上一支虎叉。

□

或許有人會奇怪，我為什麼會對地下室的暗道特別在意，其實道理不難想像。如果真有那麼一條對運東西和打探消息都十分方便的通道的話，是我也不會離開那裡太遠，那麼一切都簡單起來，將它找出，然後順著暗道去另一頭，就可能不用費吹灰之力找到張雯怡。

今天是我到黑山鎮後的第四個夜晚，而遇到的事情一天比一天更詭異。這裡的神婆更危言聳聽說，明天日落之前再找不出張雪韻的屍體，她就會變為厲鬼，為全鎮帶來毀滅性的災難。

但現在唯一可以確定的是，所有的疑點和線索都指向張雯怡。她帶走了她姐姐的屍體，同時也像在暗地裡策劃什麼，如果將她找出來，或許一切都會有答案……

天下起了淅瀝瀝的冬雨。風不斷地將雨點吹到臉上，讓我本來就已經很乾燥的臉，像被刀子割開一樣，痛得眼淚都快要流了出來。

「那傢伙背上到底揹了什麼？看起來很沉。」小三子瞥了一眼慢吞吞跟在我們身後的奇韋，警戒地問。

「不知道。」我老實地搖頭。

「你都沒有問過嗎？」小三子急起來。

「沒有。」我還是一個勁兒地搖頭。

小三子大為不滿，「那傢伙肯定有問題，要我們在旅館等，拖拖拉拉地去了半天後，竟然揹回一個可疑的包袱，都不知道他在打什麼如意算盤！」

「既然你也知道可疑，為什麼不直接去問他？」我淡然笑道。

「他怎麼可能會對我說老實話？」小三子氣鼓鼓地說。

「那就沒有辦法了。」我快步走起來。

小三子拔步急追，「誰說沒有，我們兩個可以把他的背包搶過來翻翻。」

我苦笑道：「這個主意是我今年聽到過最有創意的一個，我保留行使的權利。」低下頭仔細打量了一番地形，我指了指前方不遠處又道：「到了，我記得很清楚，昨晚我就是在那裡暈倒的。」

奇韋快步走過來，那一瞬間，我發現他的臉上湧起一絲不容易發現的情緒波動，那種波動百味縈繞似有驚訝、又像是狂喜和恐懼。

有問題！看樣子他似乎發現了什麼。難道張雯怡在這裡留下了某些線索？我用犀利的眼神迅速掃過四周，該死！什麼都沒有。枯黃的草地，鬆軟得幾乎會讓腳跟陷進去的泥土，一切都十分普通，就跟昨天晚上來時一模一樣。到底有什麼細節是他注意到，而我偏偏忽略掉的？

「人有三急，可不可以讓我找地方方便一下？」奇韋突然難堪地笑起來。

「你自便好了。」我說著朝小三子望了一眼，「小三子，你剛才不也說尿急嗎？不如和奇韋老哥一起去方便，免得你老在背後嚼舌根，說我不近人情。」

既然局勢已經變成現在這樣子，我才不會笨得再和他虛與委蛇窮客氣。那隻小狐狸想要甩開我們，做他的春秋大夢去吧，我夜不語的智商還沒低到那種程度。

小三子會意地回望我一眼，嘴裡配合的嘀咕幾句，便跟奇韋走掉了。於是我又凝神打量起四周。總感覺哪兒不對勁，似乎有什麼東西和昨晚不太一樣，我苦惱起來，拚命地在腦子裡搜索。

呆呆地在冰冷的雨中站了不知有多久，突然小三子滿臉驚慌地向我跑來：「夜不語，奇韋那王八蛋不見了！」

我震驚得幾乎一屁股坐倒在地上：「我不是暗示你要好好盯著他嗎？」氣怒難忍下，我一把抓住了他的衣領。

小三子委屈地大叫冤枉：「我是有好好監視他，甚至撒尿的時候都盯著他，還害我把尿撒到了褲子上。」

飛快放開小三子，我鬱悶地向後跳了兩步，「那他是怎麼消失的？」

「我也搞不懂，我只是稍微轉了轉身用紙巾抹褲子，再回頭時他就已經不見了。」

「會不會是躲進了某個暗洞裡？」我思忖道。

「有可能。」小三子沮喪地說：「如果他真躲進了暗洞裡，我們就算想找也找不到。」

我苦澀地拍拍他的肩膀，「算了，不要自責，這是我的失誤。現在我們最重要的，就是要找出剛才那隻小狐狸，究竟發現了什麼我們沒有注意到的線索？」

「那傢伙有發現連你這人精都沒有發現的線索？」小三子不可思議地瞪大了眼睛。

「你是不是活得不耐煩了？敢罵我？」我提腿踹了他一腳，帶刺的厚底登山鞋翻起一大片泥土，頓時一道靈光閃入腦海，我興奮地大叫起來：「我知道了！我終於知道這裡和昨天有什麼不同了！是泥土！」

「泥土？」小三子揉了揉被我踢痛的屁股，疑惑的重複道。

「沒錯，因為鎮上應該有好些日子沒下過雨了，所以昨晚我們來時，山坡上的泥土還是堅硬的，硬得就像混凝土，但好巧不巧，我暈倒以後老天立刻開始下雨，山坡的土被雨水滋潤後變得鬆軟，這樣自然而然的就會印下張雯怡的腳印。

「到我暈倒的地方，然後順著她的腳印找過去，一定可以找到她藏身的地方，該死，我怎麼會沒有想到，這可是條非常明顯的線索！」從狂喜中驚醒，我立刻自責起來。

小三子的臉色頓時變得很難看：「你是說奇韋那個傢伙已經發現了，而且他還先了我們一步？該死，雯怡會有危險！」他拔腿就朝坡頂的方向跑。

「臭小子，給我滾回來找腳印，你瞎跑有個屁用！」我一把拉住他的衣領粗魯地喊道。

果然如我所料，在我暈倒的地方不但有清晰的女子腳印，還有拖動重物的痕跡，想都不需要用腦子想，我就很有自知之明的判斷出，那個所謂的重物一定是自己。難怪早晨起來，發現自己的背上有大量乾掉的泥土。

唉，那小妮子，真是粗魯！

腳印混亂，並拖曳出一條歪歪扭扭的線，看得出張雯怡其實有想要走最短的直線，但由於手上拖著的東西對她而言頗為沉重，在她不小心跌倒幾次後，終於放棄了，改為實在不算尊重我的曲線，可憐我的名牌外套了！

這條線一直朝左山坡延伸，走了大概有三百多公尺，最後唐突地消失了。

「又有什麼機關？」我不死心地用力朝腳印消失的地方蹬去，突感到腳下一鬆，在小三子的驚呼中狼狽地滾了下去。

這什麼暗洞，居然還用草皮蓋上洞口，蓋就蓋吧，幹嘛不多蓋幾層，害得我摔了個鼻青臉腫，太整人了，完全就是陷阱嘛！我氣急敗壞地爬起來，打開隨身攜帶的手電筒環顧起四周。

這兒不算是個很大的空間，不過很乾燥，空氣舒爽，看來洞壁上有大量通往外界的氣孔。而且右手邊還有三個僅能容下我和小三子這種偏瘦體型的人通過，看來確實是個藏東西的好地方。

「有什麼發現？」記取我的教訓，小三子慢慢爬了進來。

「噓，安靜。不要打草驚蛇了！」我向小洞口那個方向大聲喊道：「你進最左邊的洞，我進最右邊的。如果十分鐘後都還沒有任何發現的話，就先別管了。馬上回這裡碰頭，我們從長計議！」說完我一把抓住小三子的手寫道：「我們一起進中間那個洞去。」

「為什麼？」小三子撓撓頭做出大惑不解狀。

「笨！奇韋那隻小狐狸是白癡，難道你也學他白癡不成。」我在他的手上寫得飛快，「看看地上的水跡，你沒看到它一直延伸進中間的洞裡了？剛才那番話我是故意說給他聽的，好要裡邊的人掉以輕心。」我不解氣地又踢了他一腳，將他踹進了中間的洞裡。

不敢再用手電筒，我叮囑小三子學我用手摸索著狹窄的洞壁，一邊努力用耳朵傾聽周圍任何的聲音。

向前小心翼翼地走了沒多久，感覺突地豁然開朗起來，竟是到了一個寬敞的空間。黑暗籠罩著一切，讓人分不清東南西北，也看不到南北東西。手離開牆壁再也無依無靠，讓人頓時感到很不舒服，就像在一瞬間所有的安全感都丟失了，自己的生命也完全沒有了保證，隨時都會死掉。

內洞和外洞感覺是兩個世界，內洞裡有緩緩的潮濕空氣流動，還有兩股不知名的惡臭，這兩股刺鼻的惡臭糾纏在一起，在鼻尖前翻騰著蠕動著，不斷折磨著我可憐的嗅覺神經，害得我什麼都分辨不出來。

有種陰冷慢慢地從腳底毫無預兆地攀上頭頂，我不由打了個冷顫。好熟悉的感覺，記得前兩次每每我有這種感覺時，都會無辜地被張雯怡打暈。我眨巴著眼睛警戒地望向四周，突然看到一對綠森森的光芒就在自己的鼻尖不遠處，隨之而來的是一陣惡臭，屍體腐爛後的惡臭！

「小三子是你嗎？奇韋老哥？」我恐懼地叫起來，早把剛才對小三子的千叮嚀萬囑咐丟到了九霄雲外。

該死！偏偏意識又非常清楚，完全沒有突然暈過去的可能，理智搞不清狀態的在腦中提醒著自己，雖然人的眼睛確實會在全黑的狀態下發出微光，但絕對沒有那麼明顯，和我近在咫尺的那玩意兒，不可能是人類！

突然感覺脖子被一雙手狠狠地掐住，我強忍住恐懼，用力地想要把手掰開，可是自己的那點力量，完全無法和對方抗衡。

我立刻放棄了，艱難的伸手從口袋裡掏出電擊防狼器，按在那玩意兒的身上，死命地壓住電鈕不放，一陣陣藍色電流順著那玩意兒的身體在黑暗中四處流竄翻騰，我甚至可以聞到腐爛的惡臭中有股燒焦的味道。

但電擊也明顯對它毫無效果，那玩意兒只是狠狠地掐著我的喉嚨，越來越緊！意識漸漸遠離肉體了，我拚著最後的力氣掏出手電筒，正對那兩團綠森森的東西撥開按鈕。

一束強光頓時照亮了這個空間，那玩意兒倉皇地放開我，捂住眼睛蹲到了牆角。

總算得救了！我捂住脖子拚命的吸氣，也懶得管那些空氣是不是噁心得讓人想要嘔吐。小三子正呆呆地站在我左邊不遠處，他恐懼得臉色發青，冷汗不斷地流下來。

「屍變！真的屍變了！」那傢伙過了好一陣子才清醒，突然又歇斯底里地喊道：「天哪！雖然以前常聽姥姥講，但我這還是第一次見到！好可怕！如果不是剛才把體內的水全部放出去，不然現在我恐怕要大小便失禁了。」

「臭小子，剛才竟然不想辦法幫我，虧你還是個神棍。」我一邊痛苦地咳嗽著，一邊打量起那個玩意兒，不看還不怎麼樣，一看差些驚訝地暈過去。

那個拚死想要殺掉我的東西，居然是失蹤多時的張雪韻屍體！只見她浮腫的屍身已經開始腐敗塌陷，臉上還有許多屍蟲在腐爛掉的空隙裡慢慢蠕動。張雯怡居然和這麼恐怖的東西在一起待了三天三夜？我開始佩服起她對她姐姐的愛了。

「有沒有覺得這個洞裡還有一種刺鼻的味道。你能不能聞出來？」雖然見張雪韻的屍體變得像雕像一般不再動彈，我還是不太放心，一邊用手電筒的光照著它，一邊問小三子。

小三子狠狠吸了幾口氣，然後噁心的大吐唾沫道：「聞不出來，不過總覺得很熟悉！」

「算了，我們還是想想怎麼把張雪韻的屍體抬回去吧。」我聳聳肩膀，混亂的思緒開始逐漸清晰起來。

怪了，在外洞的時候明明有一條新的水跡一直延伸進這裡，但為什麼裡邊卻一個人都沒有，而只有張雪韻的屍體？奇韋那隻狐狸呢？難道是我高估他了，或許他根本就沒有發現任何線索，也根本就沒有到這裡來過？那麼那條水跡的主人又是誰？是不是張雯怡？

我警戒地掃視了一下四周，猛然看到出口處有紅光一閃。那團小火星在空中劃出一道優美的弧線，掉到了地上，只聽耳朵裡「轟」的一聲，小紅星變成熊熊烈火迅速向我們吞噬過來。

「靠！原來是汽油味，滿地都被人灑了汽油，難怪味道會那麼熟悉！」我驚惶之餘還不忘罵上一句，一把拉著小三子就朝洞深處狂跑。「快一點，遲了就沒命了！」

我大聲叫道：「這裡的空氣潮濕得要命，想必附近應該有地下暗河或者積水塘什麼。」

果不其然，真讓自己給找到了。

我欣喜若狂，一腳將小三子踢下去後，自己也跳了下去。火不斷在洞內蔓延，熾熱的桔紅色火舌慢慢爬上了張雪韻的屍體。那具屍體憤怒的吼叫著，燃燒著，散發出驚人的焦臭，一步一步緩緩向洞口那個看好戲看得入神，不願早早離開的黑影走去。

「賤女人，妳生前就被我玩弄在股掌之中，變了鬼還不是照樣被我利用，妳能拿我怎樣？」那黑影哈哈地笑道，聽起來像是奇石木的聲音。他見張雪韻帶著熾熱火焰的身體逼近了，這才不慌不忙地鑽出洞朝外走去。

那具屍體再也忍受不了高溫，撲倒在地上。

洞內原本就潮濕也沒有任何可以用來燃燒的東西，汽油燒光後，火漸漸熄滅。有個腳步聲從遠至近，那個人像是感覺到出了問題，匆忙跑進來。

「姐姐！」那個窈窕的身影吃驚地叫道，是張雯怡。

「姐姐！怎麼會這樣，到底發生了什麼？」她絕望地跪在地上喃喃說道，嘴唇痛苦的發抖。

「奇石木那王八蛋在洞裡灑了汽油……」小三子走過去想要將她扶起來。

張雯怡用力地推開他，怒喝道：「我不信！是你們，一定是你們，你們聽信謠言，認為我姐姐會變成厲鬼索魂，所以一把火殺了她的屍體！把我的姐姐還給我。她生前那麼溫柔，從沒有做過任何傷天害理的事，為什麼你們一個兩個都要這樣對她！」

張雯怡用力捶打我的肩膀，我一把抓住她的手，右手狠狠給了她一耳光喝道：「夠了！妳姐姐早就已經死了，她已經死了，妳怎麼還這樣執迷不悟？」

張雯怡抬起頭呆呆地望著我，眼中彌漫著死氣。終於，她忍不住了，撲進我懷裡嚎啕大哭起來……

第十五章 夜探祠堂

好累的一天。夜冰冷又黑暗，我和小三子一個揹著張雯怡，一個拖著張雪韻的屍體，艱難地回了旅館。

張雪韻的屍體嚴重燒毀，許多地方都只留下了焦黑的枯骨，這無疑給本就腐爛得不成人形的屍體雪上加霜，變得更加難看。

我安頓好一人一屍，回到自己的客房，重重地倒在柔軟的床上，舒服得幾乎要叫出聲來。突然聽到有誰在用力地敲打房門，我十分不情願地爬起身，將門打開。

「誰啊？」門外居然空蕩蕩的，沒有半個人影。我伸出頭朝左右望了望，只見走廊昏暗的橘黃色燈光變得更加昏暗，四周還有一襲寒冷的霧氣，不斷地縈繞翻騰，說不出的陰森詭異。

「誰把乾冰打翻了？不過這旅館裡有乾冰嗎？」我披上外套想要走出房門，但立刻就打消了這個念頭。好冷！那層霧氣就像有生命一般，不斷放射出大量寒冷氣息，暴露在衣服外的皮膚一旦接觸到就開始麻木乾燥，似乎所有的水分都被貪婪地吸收掉了。

我打了個冷顫迅速關上門，關燈躺回床上。突然又聽到窗戶「嘎嘎」作響起來。

客房的窗戶緩緩地開啟了一道縫隙，外邊似有一個臃腫的黑影拚命的想要闖進來。有沒有搞錯，這可是二樓啊。雖然不算高，但離地面也有快八公尺，到底是誰費盡心思，弄了架長梯子想進我房間？

直覺告訴我絕對不能讓那玩意兒進來，否則我鐵定會沒命。於是我隨手抄起一旁的折凳，強壓住恐懼走了過去，用力一把拉開窗戶，我向那玩意兒類似頭部的地方狠狠砸去。

他痛苦地大吼一聲，從窗沿上掉了下去。

「早點去死，竟敢打擾我睡覺！」我示威的向下望，頓時驚訝得全身發冷。

我的房間哪裡還是二樓，窗外雖然黑暗，但還是可以分辨出這裡離地面絕對不止八公尺這麼可愛的短小距離。窗下是一個黑洞，似乎有無限的深，那個拚命想要爬進我房間的怪物，還在不斷地向下墜落，不斷地墜落……

突然，又有人用力的開始敲打著房門，一股莫名的恐懼爬上心頭。我死死地盯著門，突然感到近在咫尺的門，竟然透著一種無法形容的詭異。這種詭異帶著強烈的誘惑力，席捲了自己，控制了自己，我伸出手，緩緩的向門把手伸去……

「啊啊啊啊——」我大叫一聲從床上坐起來，冷汗不斷地流著。原來是做夢，又是那種真實得讓人害怕的噩夢，為什麼這段時間常常會做這種夢？難道是因為最近三餐失調，腸胃出了問題？

看看窗外，好亮！原來已經清晨了，咦，不對，窗戶什麼時候開了一條縫？我記得睡覺的時候明明關得好好的！

我全身一震，翻身跳下床來到窗前。眼睛突然瞥到了一些東西，我驚訝得開始顫抖。不對！昨晚的事情或許並不是一場荒唐的噩夢。因為窗沿上清晰地印著一對黑色腳印，一對不知道屬於什麼東西的腳印……

這時門外傳來一陣急躁的敲門聲。我猛地轉過頭望著門把手，正心有餘悸的猶豫要不要開門時，就聽到小三子用大嗓門吼道：「夜不語，奇石木死了。剛才有人在河裡找到了他的屍體！」

□

坐立不安的等待，好不容易熬到天黑，到了夜裡十一點過，我迫不及待的將小三子拉了出來。

「搞什麼啊，我最近幾乎每晚都跟你行動，熬了好幾個通宵，本來以為雯怡找到了，雪韻姐的屍體也找到了，這件事就可以告一個段落，我終於能睡個飽了，你居然又發瘋要我出來！」小三子打著哈欠抱怨道。

「白癡，你不覺得奇石木的死因很可疑嗎？」我狠狠瞪了他一眼。

「可疑又怎麼樣？他死了對黑山鎮根本是天大的好事。他們一家要死絕了才皆大歡喜！」小三子滿不在乎地說：「而且你別忘了，昨晚他還想用汽油燒死我們！」

我沒有理他，自顧自地說道：「那就更奇怪了。據那個漁民說，他今天五點半到河邊去捕魚，沒想到一網撒下去居然網到了大傢伙，提起來才發現是奇石木的屍體。

「我早晨去詢問他的時候，那漁民曾提到奇石木的背上已經出現了屍斑，而且那些屍斑即使用指頭用力壓，顏色也不會消褪，很明顯已經從墜積期發展到擴散期，他應該死了至少十個小時以上！也就是說，他是死於昨天下午五點前，你還記得我們找到那個暗道是晚上幾點嗎？」

「應該是凌晨才對。」小三子也開始覺得奇怪起來。

「這就對了，一個在五個多小時前就已經死掉的人，是不可能放火燒我們的，放火的一定另有其人！」我拍了拍他的肩膀。

「當時我們明明在暗洞裡聽到過奇石木的聲音啊！」小三子又開始鑽起了牛角尖。

「笨，聲音難道不能偽裝嗎？」我湧起一股想要踢他的衝動。

小三子用拳頭捶了捶左掌，恍然大悟的說：「對啊，我怎麼沒有想到！夜不語，你猜得到昨晚的兇手是誰嗎？」

「不清楚，所以我才想要去祠堂看看那兩個人的屍體。」我說出了目的。

小三子頓時詫異地張大了嘴：「不行！絕對不行！太大逆不道了！」小三子連連

擺手，然後轉身就想要溜掉：「我可不想以後斷子絕孫！」

「放心吧，絕對不會。實在不行的話，我勉為其難的要我以後的老婆多生幾個，到時候送一個讓你領養。」我一把抓住了他用力向前拽。

「不要，我還年輕，又是獨子，我們家還指望著我傳宗接代呢！」小三子死命反抗。

「那張雯怡怎麼辦？你喜歡她吧，是不是很想娶她？」我用眼睛凝視他，用大義凜然的語氣開始折磨他的意志，「很明顯，這件事背後有一個龐大的勢力，而這個勢力絕對和張雯怡有著千絲萬縷的關聯，或者說她有可能被利用了。

「那個勢力絕對不簡單，如果它認為張雯怡不再有利用價值，或許會殺人滅口！」

雖然這番話實在沒有任何根據，不過懶得管那麼多，先唬住他再說。

「這麼嚴重？不會太危言聳聽了吧？」小三子開始冒出冷汗。

我在臉上擠出誠懇的笑容，「你有勇氣拿張雯怡的命去賭嗎？給你三分鐘考慮，是去找出真相救你的夢中情人，還是被自己腦中陳腐的舊觀念左右，後悔一輩子。」

小三子抱著頭苦笑，樣子活像一隻鬥敗了還倒楣地掉進水裡的公雞。「我帶你去。」不久，他抬起頭，毅然道。

祠堂，就是祭祀祖宗或先賢的廟堂，不管在中國的哪個地方，祠堂都遍佈城鄉。一個地方，祠堂最大的為總祠，作為當地重要的公共建築，一般多置於村鎮的兩端、傍山或有坡度的地方，規模大多不會太小，少則二進，多則四、五進，建築依地形逐漸高起，主體建築一般置殿後，頗富變化。單面為中軸線上兩個或多個三合院相套而成，配以牌坊，而支祠平面多為四合院式。

置放奇老爺子和奇石木這些當地大人物屍體的地方，當然就是鎮上的總祠。

據說奇石木的死因和老爹奇老爺子一模一樣，脖子被人用繩子勒斷，死後還被兇手用刀將喉管割破放血，也不知道當地的警察局是吃什麼的，這麼大的案子居然也沒有仔細調查，就早早將屍體放置到了祠堂，絕對有問題！

這個鎮上的主祠是中規中矩的四進格局。

不知誰說過，醫院、學校、監獄和祠堂，這四個地方是最多冤魂聚集的地方，現在我才發現，那種說法並不是空穴來風。

其實有很多地方，雖然白天人來人往，大家都沒感覺也沒有注意到，正是這些普通而又平凡的地方，一到了晚上就變成了另一個世界，一個又黑暗、又陰冷的恐怖角落，醫院是、學校是、監獄也是。

只有祠堂例外，人類對擺放屍體的地方與生俱來就有著一種敬畏。所以祠堂，在人類的恐懼眼神中不論白天還是夜晚，都籠罩著一層神秘，一層詭異！

「附近有沒有人看守？」我掃視了一下四周問。

「沒有，最近幾年火葬居多，祠堂裡很少再放屍體，所以以前當看守的老太爺前些日子回去了。」小三子搖搖頭。

「很好，這樣我就放心了！」我掏出隨身攜帶的鐵絲，三兩下將那把又笨重又老式的銅鎖弄開，用力推門，「吱嘎」一聲，緊閉的大門緩緩向左右移開，露出個可以容兩人並排通過的縫隙。寒氣順著門開出的縫隙不斷往外湧，似乎比戶外冰冷的凍氣還要冰冷。

「腳步輕點，順手把門闔上。」我緊緊裹了裹外套，率先走了進去。

「奇石木的屍體在最裡邊那一進。根據傳統，應該是並排放在奇老爺子屍體右邊的棺材裡。」走在我身旁，小三子不斷打著冷顫，我點點頭，加快了腳步。

奇老爺子和奇石木的棺材果然和小三子說的一樣，擺放在最裡邊的那個房間。我沒有理會奇老爺子的屍體，畢竟他已經死掉了好幾天，雖然現在的氣候寒冷，但屍體依然在不斷腐爛，我這個菜鳥在它身上絕對發現不了什麼。這些自知之明本人還是有的，徑直撬開奇石木的棺蓋，我開始檢查起他的屍體。

「他的肺和胃裡沒有水，看來是被殺死後才扔進水裡的。」我在他的小腹上用力按了按，然後用手順著屍體脖子上的刀傷劃了一下，臉色開始凝重起來。「奇怪了……」我喃喃道。

「我知道了！」小三子也在注意刀傷，突然興奮地大叫起來，「兇手一定是個左撇子！」他指著刀傷得意地向我解釋道：「他的傷出現在脖子上，說明兇手是從他身後襲擊他，而且刀傷是從右至左，左邊的刀口還比右邊的高出一點，充分說明兇手是用左手拿刀。看來我們以後要多留意左撇子！」

「不對！兇手不是左撇子。」我指著屍體上的勒痕，「奇石木的死因是從身後被人用繩索勒住脖子，最後窒息而死。仔細看看勒痕，是不是會發現右邊比左邊略微高一些？這說明他慣用右手，人類慣用哪隻手，在腦中下意識就會認為慣用的手比別一隻手力氣更大，不管做任何需要雙手配合的事，主要出力方都往往會是慣用的那隻手。」

小三子不服氣地說：「但是屍體上的刀傷明明是左撇子造成的，難道兇手不止一個人？」

「不對。是同一個人，只是那個傢伙頗為狡猾罷了，至少他懂得怎麼混淆視聽。」我用手比劃道：「雖然刀口是從右到左，右邊比左邊高一點，不過看看最右邊的切入點，它是整個刀傷裡最深的。

「也就是說，兇手根本不是在奇石木的背後用左手抹開他的脖子。相反的，他是勒死奇石木後，將屍體放倒在地上在屍體的正面，用右手反握著刀將他的脖子割開，兇手那麼處心積慮，目的或許就是想要混淆他人的視聽。」

「原來如此。」小三子恍然大悟，突然又驚奇地問道：「你這怪物真的和我差不多大年齡嗎？怎麼你什麼都知道，而且連驗屍都很有經驗？老實說，你是不是從小就受到過間諜訓練？」

我嘆了口氣，「沒辦法，我有個表哥在分局工作，每天耳濡目染下，自然就學會了。」隨手從背包裡拿出一把細長的尖刀，我用手量起奇石木的肚子。

「你！你手裡拿的是什麼？」臉上還沒露出崇拜的笑，小三子看到我的舉動，頓時嚇得口齒不清起來。

「一把很普通的切肉刀，還算鋒利，從旅館的廚房裡找到的。」我看了看手上的刀。

「你該不會是想解剖他吧？」小三子的額頭上冒出了冷汗。

「聰明！」我認真地點點頭，「我想檢查他的胃、十二指腸、小腸和大腸，再用剪刀剪開胃壁，或許可以發現什麼。這可是驗屍的關鍵步驟！」

「你瘋了！那可是犯法的！」小三子大叫道。

我淡然笑著：「法律明文規定，一個人死後二十四小時才允許解剖。現在他已經死了三十一個小時，哪有犯法一說？」我自然沒有提及即使一具屍體擺上一百年，法律也不會允許一個不相干的十七歲男孩隨便解剖屍體的。

頓了頓，我又道：「何況我們來這裡的事情根本就沒人知道，就算要下葬，也不會有人打開奇石木的棺木檢查。就算真被人發現了，也不會有人懷疑我們，奇家在當地稱王稱霸，有人向他的屍體洩憤是很正常的。」

「我才不管！」小三子隔在我和棺材之間，「我不想良心過不去，我可是冒著斷子絕孫的危險帶你來的，如果還讓你解剖了他的屍體，就是大逆不道了！我以後還睡得著嗎？」

「你真的不讓開？」我瞪了他一眼。

「不讓！」他死命地搖頭。

「好吧！總之解剖他的屍體也不是一件什麼愉快的事情。」我爽快地將刀塞回背包裡，對他說道：「今晚已經夠了，我們打道回府！」

的確，我已經找出了大量的線索。

張雪韻的自殺，在守靈的那夜她的屍體和張雯怡一起失蹤；其後奇老爺子被殺害，然後昨天奇石木也慘死了，雖然這些看似有著亂麻般關聯的幾個事件，其實也像亂麻一樣，讓人在腦子裡難以理順，千絲萬縷的關聯，隨之帶來的是龐大的疑問群。

我不知道自己該用什麼方式，將得到的訊息代入疑問群中。

唉，在邏輯思考的迷宮中，並不像數學方程式那樣只有一個答案。

頂著寒冷的風，我一邊苦惱的思考，一邊往回走。

對了，自己似乎一直都忽略了一件事情，第一次到黑山鎮時，張雪韻屍體上的白玉手鍊明明是戴在右手腕的，但是守靈時，我卻發現她的手鍊戴到了左手，究竟是誰換了手鍊的位置？

一道靈光閃入腦海，我猛地拉住小三子問：「奇老爺子和奇石木死了，最大的受益者會是誰？」

「當然是奇家的二公子奇韋。」小三子想了想後回答：「奇家的族規只保護長子，次子在家族裡根本沒有任何地位。如果長子要求分家，次子也不會分到任何東西。不過如果一家之長和長子都死掉了，那就不同了，所有的一切都會歸次子所有。」

「果然如此！」我興奮地大叫起來，「一切謎題都解開了。小三子，明天下午三點前，我希望你能集合鎮裡的人和奇家的人到旅館去，人越多越好。我有事情要宣佈，還有！旅館裡的電話可以打出去嗎？我可能要將那個討人厭的表哥叫來了！」

第十六章 真相

第二天下午快到三點時，表哥夜峰準時趕到了黑山鎮。

「魔鬼，這麼急匆匆的要我來幹什麼？」他一邊梳理著被風吹得亂蓬蓬的頭髮，一邊抱怨道。

我簡略地將這裡發生的詭異事件揀重點告訴了他，又道：「等一下你在旁邊什麼都不用做，站著就行了，最重要的是要保護我的安全！」

「沒問題，就算幫你擋槍我都幹，要讓你有什麼三長兩短，我不被你爸爸亂刀砍死才怪。」他信誓旦旦地大拍胸脯。

「對了，你的權力可不可以跨地域用？」我不放心地問。

「別要說了，這裡的員警散漫又怕事。」表哥不屑的冷笑道：「我只是稍微暗示有連環殺人犯悄悄潛進黑山鎮，希望他們可以協助我調查，沒想到那些傢伙一個個獻媚得又是敬菸又是倒茶，求爹爹告奶奶的要我千萬不要找自己，靠！一群敗類。不過算了，我在這裡至少還有抓人的權力。」

「那就好，我們進去吧。」我和表哥一起走進了旅館的大廳。

不算小的大廳裡擠滿了人，大概有好幾百個。奇家的人到齊了，鎮上的人也來了很多。張伯母無精打采的坐在櫃檯前，張雪韻的屍體放到了裡間的靈臺上，而前晚被我揹回來的張雯怡，依然呆呆地看著前方，跪坐在張雪韻的屍體旁，就像心已經死掉了般，我甚至感覺不出她還有沒有生命的跡象。

「你還滿有辦法嘛，竟然找來那麼多人。」我驚訝道。

小三子得意的嘿嘿笑起來：「我騙鎮子裡的人，今天下午三點，旅館大廳會有明星表演。本來鎮子裡就沒什麼娛樂，許多人一聽，老早就迫不及待的跑來佔位子了。奇家的人倒是不請自來，八成是想鬧事！」

「原來如此，我又學到了！」我認真地點點頭，走上幾階樓梯，居高臨下地掃視眼前喧鬧的人群：「安靜一點。這是從鄰鎮來的警長。」我指了指表哥：「現在，我想幫大家講一個故事！」

「明星表演呢？」人群裡有人開始起鬨。

我大有深意的笑道：「我保證，這個故事絕對比任何明星表演更加吸引人，因為它劇情曲折悲慘，有背叛，有兇殺，兇手是個很有頭腦的人，他不知從什麼時候起，就開始策劃這陰謀。而故事的序幕，要從七天前的下午，張雪韻的屍體被打撈上來開始！」

原本發現被騙了，正忿忿然想要走掉的人頓時停下了腳步。我見目的達到，便開始用低沉的聲音緩緩講起那個故事，「張雪韻的屍體被撈上來時，我恰好也是其中的一個圍觀者。我清楚地記得，當時她祖傳的白玉手鍊是戴在右手上的，但第二天張雯怡為她守靈時，我卻驚奇的發現，白玉手鍊居然變到了左手，到底是誰將她的手鍊換了位置？

「當時誰都沒有想過這個問題，我也沒有，不過現在我可以確定，那個將她的手鍊換了位置的人，一定有其目的，更可能是殺害張雪韻、奇老爺子，和奇石木的兇手！」我走下樓梯，一直走到奇韋的身前，甜笑道：「那個人怕別人發現張雪韻已經有了身孕，但那孩子並不是奇石木，而是奇家二公子你的！」

人群頓時亂了起來，人們紛紛交頭接耳，神情震驚。張伯母驚怒萬分，激動地從凳子上站了起來。

奇韋的臉色在一瞬間變得蒼白，他死死地盯著我，突然哈哈大笑起來，笑得腰都彎了下去：「夜不語老弟，你在跟我開什麼玩笑，張雪韻明明就是我大哥的女人。」

「不對。你大哥雖然外表英俊，不過卻是個會罵街的粗人，雖然我沒和張雪韻直接接觸過，但從她妹妹身上我也看得出來，像她那樣的女孩子，絕對不會喜歡一個虛有其表的蠢豬。」

我嘿然笑道：「相對之下，你這個看起來很有內涵的人，更容易得到張雪韻的心，而且奇石木根本就不怕別人知道他跟張雪韻有了孩子，證據就是在辦喪事的當天，他毫無羞愧地當著所有人的面，說張雪韻曾找過自己攤牌，所以不可能是他偷偷換了手鍊的位置。」

奇韋低下頭，像下了很大的決心說道：「沒錯，的確是我調換了張雪韻手鍊的位置，那是因為我不想讓全鎮的人都知道，自己的親哥哥竟然做出這麼蠢的事，我不想奇家的聲望受到影響，但我確實和那個張雪韻沒有任何瓜葛。」

「真的那麼簡單？」我衝他笑起來：「據我所知，現在的名門望族大都還保留著許多古老的傳統，也就是只保證長子的利益，長子以下的子嗣，在家族裡根本就沒有任何地位。

「從小你就在自己大哥的淫威下痛苦的長大，你恨透了你的哥哥，甚至恨一直都包庇他的父親，於是你發誓，總有一天自己會將一切都奪過來，但直到你長大，遇到了張雪韻，這個邪惡的念頭才又開始在你的腦子裡甦醒。」

不容他有時間反駁，我飛快地講道：「記得前些天得意的大談張家的女人。你說張家的女人很奇怪，她們可以毫不猶豫地為自己喜歡的人付出一切，而且毫無怨言，但是如果有人接受了她們的愛後，負了她們甚至欺騙了她們，那就算是死了，也定要將那人一起拖下地獄！

「對於這些你當然很清楚，而且最重要的是你知道，你大哥也很清楚，也對張家的女人大有意思，雖然他早就想對其下手，但卻忌憚於她們的剛烈。你想利用他的迷信，於是你開始接近張雪韻，然後和她交往，讓她瘋狂地愛上你、迷戀你，就在你們的感情如火如荼的時候，你趁機開始了自己的計畫……」

我帶著微笑，滿意地看著奇韋冷汗直流，繼續說：「你或許不斷在張雪韻面前裝可憐，說自己沒有地位，不可能帶給她幸福，不斷暗示她要她去勾引你那個本就有自戀傾向的大哥，讓他以為張雪韻已經瘋狂的愛上了自己，不能沒有他。

「你一定信誓旦旦地說，如果她能讓你的大哥對她言聽計從，為你在奇家爭取到一點地位的話，你就有能力娶她，和她永遠快樂的生活在一起。」

我吞了口唾沫，「天真的張雪韻真的相信了，她按照你的意思，開始和你大哥交往，而原本就不張揚的你們更是轉為地下情。這件愚蠢的事情一直持續著，直到前不久，張雪韻面色惶恐地跑來找你，她說自己已經懷上了你的孩子。你明白，時機成熟了。

「你讓張雪韻去找你大哥攤牌，說自己已經懷了他的骨肉，要他負責任。他當然不肯。於是你要張雪韻把自己關在自家地下室的床上睡七天，這當然是為了以後的詭計留下伏筆，你調查過三十年前村姑的事，知道她的臥室就在張雪韻家的地下室。

「你想要鎮上的人以為奇石木負了張雪韻，讓張雪韻化為厲鬼索魂，索去你老爹和你大哥的命，不過要讓人們這樣認為的話，一定要讓所有人都知道張雪韻自殺了，於是你在十天前的晚上將她約到河邊，然後從她身後將她打暈後再扔進河裡，造成她自殺的假象。

「但事後你發現了有個麻煩，因為張雪韻肚子裡的孩子是你的，如果你的大哥打死不認帳，而張家又堅持要做親子鑑定的話，一切陰謀都有可能暴露。

「所以你靈機一動，潛入警局的停屍間，將張雪韻手上的白玉手鍊從右手戴到了左手，但沒想到這個把戲只用一天，就被我偶然揭穿了，於是你狠下心，準備一不做二不休將屍體偷走。

「但沒想到去了靈堂後，張雪韻的屍體已經不見了。眼見事事都出乎自己的掌握，你決定要做些什麼，於是抓來一隻貓放血，偽裝成張雪韻屍變了，想要混淆視聽，爭取更多找出屍體的時間。也在鎮民心中埋下張雪韻變為厲鬼索魂，殺掉了奇老爺子和奇石木這樣的想法。」

奇韋不再裝腔作勢，他抬起頭，冷笑道：「荒唐，你的想像力實在夠豐富，但偏偏漏洞百出。張雪韻明明就是自殺，這是誰都知道的事情，你有什麼證據可以證明她是非自然死亡？」

我不動聲色的回敬他一眼，「我昨天仔細檢查過張雪韻的屍體，雖然她已經被燒得殘缺不全，但骨骼基本還算是完好。我在她的後腦勺上，發現了有重物敲擊過的裂痕。」

「哼。這有可能是她跳河自殺時，頭撞到了岩石上。」奇韋不屑一顧地說。

「原來是你，是你這個王八蛋殺了我姐姐！」不知何時張雯怡已經到了我身旁，她憤怒地跑過去狠狠掐住了奇韋的脖子。

奇韋毫無憐香惜玉之心，一腳踹在她小腹上，將她踹倒在地。

張雯怡爬起來又要撲上去，我立刻從身後死死抱住了幾近瘋狂的她，高聲說道：「法網恢恢疏而不漏，雖然你和我虛與委蛇，最後將張雪韻的屍體燒得破爛不堪，無法再做親子鑑定，但是有一樣你還是忽略了，你在殺你老爹和你大哥時，留下了一個決定性的證據！」

奇韋不由愣了一下。

我盯著他的雙眼，一字一字慢慢說道：「那兩個人都是先被兇手用繩索勒死後，放倒在地上，從屍體正面，以右手反握著刀，將脖子從左至右割開，想將兇手偽裝成左撇子，但是即使是屠夫，在宰豬的時候都會為了壓抑恐懼，而用手指在要下刀的位置輕輕劃一下，何況你要割開的是自己的親爹和老哥的喉嚨！所以我敢肯定，那道刀傷的附近一定有你的指紋！」

「很好，我看這件案子已經很清楚了。」表哥夜峰從凳子上站起來，走到奇韋跟前掏出手銬，「奇韋先生，現在我懷疑你跟三宗謀殺案有關，希望你回警局協助我們調查。」

奇韋不慌不忙地伸出手，表情怡然自得，這時人群突然開始騷動起來，許多人紛紛向外邊湧動。「著火了！主祠堂那邊著火了！」

「糟糕！大家趕快跟我去救火！」我急得拚命往外擠。

小三子從身後拉了拉我，面色沉重，「來不及了，祠堂原本就是容易燃燒的木頭房子，而且最近幾年閒置後，有許多人就將它當作倉庫塞進大量的易燃物品。那裡一燒起來，就是天下暴雨都救不了！」

「該死！就差一步，一步而已。」從未有過的挫敗感席捲全身，我幾乎要跪倒在地上。

「警官，還要不要抓我回去？」奇韋笑容可掬地問。

表哥冷哼一聲，不再理他。

那傢伙走過我身旁，用肩膀輕輕撞了撞我，在我耳邊得意地說道：「老弟，想跟我比狠比快，再去練個一百年。」

我狠狠看了他一眼，「你這種人，總有一天會遭天譴！」

「承你吉言。」奇韋帶了他一堆狗爪子浩浩蕩蕩地離開了。

「這傢伙做事果斷又狠辣，不好對付！」表哥夜峰看著他的背影對我說：「小夜，你爸爸要我把你帶回去，十分鐘後，我希望你會跟我離開這個鎮。」

「那個傢伙怎麼辦？我才不會讓他活得那麼逍遙自在，他毀了張家，毀了很多人的幸福。我絕對饒不了他！」我很少表現出感情衝動的臉上，流露出憤怒。

「他就交給我處理。那個奇韋權力欲不是一般的大，就算他再狡猾，我也有辦法抓住他的辮子。」表哥頓了頓後嚴肅地說：「而且這些兇殺事件，本來就不應該是你這個未滿十八歲的小毛頭該管的。」

「再過半年我就滿十八了。」我不服氣地說。

「十八歲又怎樣？還不是小毛頭一個！哈哈，很久沒看過你這麼天真了！」表哥大笑起來。

我忿忿地瞥了他一眼，「今天我不走，我想安慰一下朋友。明天早晨再跟你回家。」

「好吧。總之我在這裡，應該也出不了事！」表哥同意了。

我轉身望著悲痛欲絕的張雯怡和滿臉沮喪的小三子，不禁苦澀地笑起來。今晚我想留下的目的，當然不會僅僅是為了安慰他們，我還有別的打算。

我要張雯怡帶我到地下室的暗道去，其實在我察覺那兒有暗道的時候，就知道那個暗道絕對不簡單。或許，李庶人所有的秘密就藏在裡面……

尾聲

「老二，今早的第一網怎麼特別沉？」清晨的河岸，有個老漁民雙手拉住拖網，疑惑地問自己的兒子。

「爸，最近這河裡不乾淨，隔壁的七叔幾天前才網起一具屍體。」

「呸呸呸，大吉大利。我家有神靈庇佑，哪會招惹這些髒東西。」老漁民急忙朝河裡吐了幾口唾沫。

「神靈庇佑？我家真有神靈庇佑，還用像這樣一大早起來捕魚？」他兒子小聲嘀咕道。

「渾小子，亂說什麼，還不過來幫手！」老漁民踢了他兒子一腳。

那二十多歲的漢子摸了摸屁股，無奈地伸手幫老漁民將網拉了上來。

「這是什麼啊？好大一團黑漆漆的東西。」他倆好奇地解開網，將那團真人大小的東西翻了個面。只看了一眼，頓時感覺陣陣恐懼直從腳底冒上了頭頂，這爺倆被嚇得不斷往後退，終於忍不住嘔吐起來……

□

第二天一早，我隨表哥離開了黑山鎮。在家裡休養了三天，不過在休養的時候，我也沒讓自己閒著。我用盡辦法、絞盡腦汁、想方設法、出盡花招，逼得表哥快瘋了，終於才搞到自己想要的資料。於是三天後的下午，我約沈科和徐露去了咖啡廳。

「謎團基本上已經解開了。」我將自己去黑山鎮時發生的所有事情，詳詳細細告訴了他們。

「你弄清楚李庶人為什麼會活到八十多歲，而容貌還是和二十四歲時一模一樣的秘密了？」徐露迫不及待地問。

我嘲笑道：「女孩子真的就這麼怕變老嗎？不過我奉勸妳最好不要試，雖然不知道具體的方法，不過我想我已經猜到了個大概。」沉下聲音，我一個字一個字的緩緩說道：「是因為黑匣子。李庶人很有可能在六十多年前，偶然間從黑匣子裡得到了某種神秘的力量。」

「黑匣子？那是什麼？」沈科疑惑地問，突又恍然大悟道：「我記起來了！是不是半年多前，你從那棟該死的鬼樓裡找到的東西？」

「沒錯，就是那個刻有昭和十三字樣的古怪黑鐵盒子。我在旅館地下室的暗道裡，竟然也找到了個一模一樣的。還記得上次的鬼樓事件嗎？那個賣花女被陸平強姦後分屍，屍體更被藏在正在興建的五棟建築物內，那場悲劇造成了更多的悲劇，八年多來，賣花女的怨念在黑匣子的影響下，殺死了一百四十多人。

「不過很奇怪的是，所有死掉的人，多少都和蘋果這水果有直接間接的關聯，而這次的事件也是一樣，三十年前，黑山鎮的那個樂觀的村姑，在埋有黑匣子的寢室裡睡了好幾年也沒事，但偏偏將床擺到正對門的位置，睡了七天後她就跳河自殺了，還變成喪屍，殺光了所有她憎恨過的人。張雪韻的情況和她一模一樣，只是還來不及自殺，就先被奇韋謀殺了。」

想到那天在山坡暗洞裡的遭遇，我到現在依然感到心有餘悸，「所以我判斷，黑匣子的神秘力量，一定是要符合某些條件才會啟動！」

「那麼，奇韋那個王八羔子最後怎樣了？」女孩子大多正義感比較濃厚，一想到那個壞傢伙還逍遙法外，徐露就恨得牙癢癢的。

我用力的向後仰，深吸了一口氣：「小三子昨晚打電話來告訴我。昨天早晨有兩個漁民在河裡網到了他的屍體，那隻狡猾的狐狸死樣很詭異。」

坐起身，我凝視著他倆的眼睛，緩緩說道：「他是被某種東西拉進水裡，活活淹死。哈，果然是天譴。你們猜得到那個拉他下水的是什麼東西嗎？是張雪韻的屍體，那副已經被汽油燒得殘缺不全，許多地方都只剩下焦骨的屍體。

「據小三子說，張雪韻只剩骨頭的四肢緊緊地抱著奇韋的手腳，而頭顱鑽進了奇韋的肚子裡。那傢伙肚子上的傷口很不整齊，有可能是被張雪韻用嘴咬開的，咬得血肉模糊，一碰屍體，他肚子裡的內臟就全都流了出來。」

「啊！好恐怖，看來人還是不要做太多傷天害理的事。」沈科像個老頭似的，對我語重心長地說。

我從桌子下狠狠踢了他一腳。

「還有個問題，開始時，你不是在調查張秀雯和李庶人的謀殺案嗎？你知不知道究竟是誰殺了他們？」徐露認真想了想後問道。

「他們雖然不是自然死亡，不過殺他們的也不是人，而是黑匣子。」我整理了一下腦中的線索，說道：「為了讓你們聽得比較明白，我還是從李庶人說起好了。

「昨天在表哥那裡，我弄到了許多關於他的資料。李庶人是在六十多年前從日本回中國的，他的行蹤一直很詭秘，而且經常不知用什麼方法更改自己的戶籍資料。他從不在同一個地方待得太久，所以也就沒有人能識破他居然不會衰老，但是有一點我敢肯定，雖然黑匣子給他帶來了無限的青春，但同時也給他帶來了一個很嚴重的副作用！」

「副作用？」沈科疑惑的重複道。

「沒錯，那個副作用就是夢！噩夢！十分可怕的噩夢，一個人就算意志力再堅強，也忍受不了每天做噩夢的困擾。李庶人只是個比任何人都有更長青春和壽命的普通人罷了，他當然也受不了，於是他開始四處尋找解決辦法。

「然後他到了黑山鎮，並在偶然間發現讓腳朝門睡覺的話，自己就不會再做噩夢。

不知為何，他將從日本帶回來的黑匣子，放進一個很深的天然暗洞裡，然後離開了，直到二十五年前，李庶人又回到了黑山鎮，然後他驚奇的發現，置放黑匣子的暗道，竟然就在一家新修建好的旅舍地下室正下方。

「為了方便，他花錢租下地下室和三樓最裡邊的那個房間一百年，並想方設法在地下室裡挖出一條通往天然洞穴的暗道。然後兩年多前，他不知道是去拿東西還是放東西，李庶人又回了一次黑山鎮。」

「等等！」沈科大聲喊道：「你囉嗦了這麼久，我都聽不出個所以然來，還是直接給我這個粗人講重點。」

「好吧！」我沒好氣的簡略說道：「李庶人是自殺的。他忍受不了自己深愛的人已經死了的打擊，選擇了和張秀雯同樣的死法。」

沈科用懷疑的眼神瞥著我，罵起了粗話：「你在放屁，張秀雯可是被兇手用一把非常鋒利的刀殘忍的切斷了脖子，李庶人的情況和他女朋友一模一樣，而你竟然說他是自殺！」

我冷笑了一聲，反駁道：「說你智商低你就鬧撞機。李庶人那傢伙，到八十六歲都還可以保持二十四歲的樣子和活力，早就不應該把他當作普通人來衡量了。或許那傢伙用刀割斷了自己的脖子後還能活著，還有時間把自己的頭藏起來，一直到自己身體裡的血流乾了才死掉。總之，他絕對是自殺。我的直覺不會錯的！」

唉，我能說出真相嗎？我能像個不理智的傻瓜一般，告訴他們這一切都僅僅只是我在自己的噩夢裡看到的？最近我的噩夢總是不斷的重複，只要自己一進入睡眠狀態，張秀雯、李庶人以及許許多多我根本就不認識的傢伙的死亡瞬間，便會像放電影似的歷歷在目。

沈科哼了一聲：「那麼張秀雯的死因呢？不要再給我說什麼歪理！」

「她是因為夢而死的。」我思忖了一下說道：「我在黑山鎮待的最後一晚，打聽到兩個月前張秀雯曾回過家裡，她不願意說出原因，只是堅持要到家裡的地下室睡覺，她在地下室的床上睡了四個晚上。

「順便告訴你們，張雯怡之所以知道暗道的秘密，也是那時她大姐告訴她的。我猜從那天起，她就受到黑匣子的影響，開始被噩夢困擾。這也說明了張秀雯的寢室格局為什麼會那麼奇怪，為什麼和她男朋友的寢室一模一樣，都是讓床對著門。她是為了要壓抑自己的噩夢！

「可是夢原本就是很微妙的東西，你們有沒有想過，如果你的夢突然被賦予了一種力量，而那種力量不斷被壓抑，慢慢積累起來，會變成怎樣？」

咖啡廳昏暗的燭光下，火影搖爍，受到氣氛的影響，我對面的那兩個傢伙同時打了一個寒顫。

我低沉的說道：「總有一天，你體內的夢魔會從夢中走出來，將你殺掉，割下你的頭。」

徐露和沈科又打了個冷顫。「你是在危言聳聽！不然拿證據出來給我們看看！」沈科強壓住怕得發抖的身體，對我說道。

「我就是證據。」我指了指自己，「我也在地下室的床上睡過一夜，從那天起，我每天都在做噩夢！」

徐露「啊」的叫出聲，惶恐的問：「那你會不會也會死？」

「小露，妳太善良了！」沈科嘖嘖說道：「沒聽說過禍害遺千年嗎？那傢伙的生命力比蟑螂還強，哪會這麼容易就翹辮子！」

「哈哈，我當然死不了，才睡過一天而已，黑匣子附加在我身上的東西，早就散掉了。」我甜甜的陪笑道，笑得臉都僵硬了起來。

「對了，在發現黑匣子的地方，我還找到了一張符紙。」我將一張橢圓形，上邊畫有奇怪動物圖案的符紙遞給他們看。

「這是什麼？」他們仔細瞅了許久，都沒看出個所以然。

「我到圖書館查過，這是御史前。據說御史前在日本是一群借用狐妖力量的人。我知道的就這麼多了，該說的也都告訴了你們，趁天早我還想回家去洗澡睡個舒服覺。」

站起身，我拿了帳單往櫃檯走去。突然想到什麼，我猛地回頭衝他們問道：「你們是不是覺得我這個人有時候很討人嫌？」

「不是有時候，是大多時候！」沈科毫不客氣的一邊大口喝著我付帳的咖啡，一邊數落我，「你這個人又奸詐又狡猾，偏偏還有個非常惡劣的嗜好，就是老喜歡用上天賦予你的高智商，去抓人家的小辮子。」

「我真有這麼惹人厭嗎？」我沮喪地摸了摸自己的臉。

「還有你的那對鷹眼更討厭，老是一副似乎看穿一切看破世俗的樣子，讓人心煩。」

「還有呢？」

「還有……」沈科一貫搞笑的臉上，少有的流露出強烈的關懷之情，「我確定你今天一定有問題！」

「哈哈，至於我是不是有問題。」我衝他們淡然笑了一下，飛快的跑了出去，「我以後有機會再告訴你們。」

沒錯，我的確是有東西瞞著他們，那是因為我不想讓他們知道，只要在那張放有黑匣子的床上睡過七天的人，會在第八天的晚上因為各種原因死掉變為喪屍。而那些睡了不足七天的人，哪怕你僅僅只睡過一天，也會被夢魔纏身。總有一天，夢魔會靜靜地、悄悄地從你的夢中爬出來，割去你的頭顱……

夜，又一次來臨了，最近越來越害怕見到床，以及一切與睡眠有關係的東西。

不知道張雯怡和小三子相處得是不是還好？自己到走也沒有告訴張雯怡她姐姐已經死了，只是向她提到張秀雯跟著她深愛的李醫生去了國外，或許很久以後才會回來。

突然想起自己臨走時的那個晚上，張雯怡又乘我沒防備時強吻了我，她用力咬住我的下唇，許久才不情願的鬆開。

「我會等你。張家的女人，一輩子只會喜歡一個男人。」這是她對我說的最後一句話。

用手摸了摸嘴唇，那種柔軟濕潤，又帶著痛楚的觸感，似乎還猶然留在上邊，唉，有一個永遠等待自己的女人，對一個像我這樣的男人而言，或許是一種幸福吧……

「少爺，有你的電話，有位女孩子找你！」傭人將電話拿了過來。

我一接，就聽到了張雯怡惶恐憔悴的聲音，「夜不語，最近不知道為什麼，我老是做噩夢。好可怕好真實的噩夢。我不知道該和誰說，只好打電話給你了。」

一股莫名的寒冷盤踞心頭，我全身發顫，急切地問：「妳是不是在地下室的那張床上睡過？」

「有啊。就是和你在一起的那晚……嘛。」她羞得聲音越來越小。

而我整個身體已經驚駭得冰冷麻木起來，深吸了一口氣，我大聲喊道：「不要問我為什麼，我要妳從今天起，睡覺的時候一定要將床搬到腳朝門的位置，別擔心，等我一個月，最多兩個月，一切都不會有問題的！」

沒錯，張秀雯在那張床上睡過四天，而她直到兩個月後才死掉。這就意味著，我至少還有兩個月的時間。不！或許更多！

一個星期後，我辦好旅遊簽證，帶著一本《日語生活用語三日速成》和少許行李，踏上了去日本的航班。

內心既惶恐又沉重，自己究竟有沒有辦法找出黑匣子的秘密，救出被詛咒的自己和張雯怡呢？說實話，我沒有絲毫的把握。

看著窗外被機翼不斷劃開的雲層，我突然感覺，自己開始迷茫了……

番外・鬼店

酒店一詞的解釋可追溯到千年以前，一般說來就是為賓客提供歇宿和飲食的場所。很奇怪的是，酒店和醫院、監獄、學校，竟然一直並稱為容易鬧鬼的四個地方。

或許這源於人來人往和陌生人之間的相互戒備，容易滋生陰暗面吧！這裡講述的是一個遠近聞名的鬧鬼溫泉酒店。看似離奇古怪，可誰又知道其中隱藏著什麼更為可怕的前因後果呢？

第一章

人類的記憶，據說有自動淨化的功能，隨著時間的消逝，會漸漸過濾掉不好的回憶，並下意識地渲染美好的部分。所以才說無疾而終的初戀很美好，因為得不到，又被時間和自己本人美化。但這份初戀究竟能保鮮多久呢？

或許某一天你走在街上，看到自己憧憬很久的初戀情人，他大腹便便、發福得厲害。她不修邊幅、整個就是邋遢的黃臉婆時，你的感情會不會很受傷？

人因為距離，想法會變得很奇怪，所以說距離產生美。但許多東西，卻並不會因為時間的流逝而消失殆盡。例如這家叫做本草國際溫泉酒店的地方，在附近的風評很糟。本地人更不願意靠近這裡，據說裡邊曾經有些髒東西，至今還徘徊在酒店的各個角落。

歐陽雨是昨天才剛進酒店工作的，還沒睡醒就被主管的電話催促著起床，看了看房間的鬧鐘，凌晨三點，只不過睡了四個小時而已。她簡單洗漱了一下，從宿舍走出來。

門前是一片林蔭道，樹木很濃密，昏暗的路燈黯得只夠辨識路面。歐陽雨的高跟鞋踩在石板地上，發出空蕩蕩的回音。周圍空無一人，她抬頭看了看天空，什麼也沒

看到。厚重的樹葉遮蓋住了一切，只剩下風不知從哪裡吹拂過來，將滿地的樹葉擾得亂七八糟。

「沙沙」的樹葉聲很可怕，歐陽雨不由得抱住胳膊，感覺有些發冷。她加快腳步，以高跟鞋能承受的極限頻率邁著步履，好不容易才看到了酒店的標誌建築。那是棟橢圓形的樓房，三層樓高。本草國際溫泉酒店的老闆是新加坡人，因為江陽市郊區發現了豐富的溫泉資源，所以老闆斥資幾個億買了數百畝地，修建了這間四星級的溫泉旅館。

酒店裡有大大小小一百多口溫泉池，功能不一。平時人很少，但是到了假日遊客便會多起來。只不過不知為何，就算老闆開出高於行業平均薪水百分之二十的高工資，都時常有員工莫名其妙離職，所以這裡經常性的在招人。歐陽雨正是衝著高薪來應聘的，本來還擔心自己沒有工作經驗，人事部看不上。

但沒想到酒店主管就連自己恭恭敬敬遞上去的文憑都沒有看一眼，就讓她留了下來。看來這裡人手長年短缺，果然不是傳聞。

昨晚，人事部經理要自己帶著行李，住進分配的宿舍。住宿條件不差，四、五坪大的空間，只住四個女孩。經理還客氣的讓她先熟悉一下環境，明早九點再分配工作給她。不過，工作居然比自己想像的來得更快。

歐陽雨暗嘆口氣，酒店雖然在城市的郊區，可這裡人跡罕至，一到晚上就連本地人都不願意過來。午夜的酒店，活像個鬼域般恐怖。在大門前稍稍停頓了片刻，她整理著裝，這才跨入大廳中。

人事部經理焦急地踱著步子，見歐陽雨進來，這才長長地鬆了一口氣。

「從今天起，妳就先在大廳工作。」這位經理很年輕，才三十多歲，西裝筆挺，有些成熟男人的帥氣。他對歐陽雨吩咐了幾句話，做完交接工作，又匆匆忙忙離開了。

大廳金碧輝煌，裝潢得極為奢華。不過以酒店的昂貴收費，其實如此等級的裝修又算不得什麼了。

歐陽雨走到服務臺前，跟她一起值夜班的女孩衝她點點頭，笑得很甜。

「還好，終於有人陪我了。」女孩眨巴著眼睛，一副如釋重負：「妳好，我叫關琳。」

「歐陽雨。」歐陽雨走進前臺辦公桌，將右側習慣性地收拾了一下，然後坐了下來。

「妳的名字很武俠喔！」關琳話很多，也有些自來熟，她不斷地有話找話，彷彿一停嘴就會死。見歐陽雨對自己的嘮叨完全不感興趣，也沒太多反應。不久後，她小心翼翼的看了看四周，滿臉神秘兮兮的悄聲道：「小雨，妳是外地人吧？」

「對，我老家在春城，離這裡有一千多公里。」歐陽雨點頭。

，不然也不會到這個鬼地方找工作了。」關琳笑得很古怪。

「不會啊，這個酒店滿好的，豪華氣派薪水福利也不錯。」女孩眨巴著眼睛，很不解。

「看來妳是真不知道。」闞琳再次望了望四周：「本草國際溫泉酒店是遠近聞名的鬧鬼地，本地人全都清楚。」

「這世界上哪有鬼。我才不信！」歐陽雨淡淡道。

「剛來的時候，我也不信，但現在越來越覺得酒店裡陰森森的。一個人待著的時候，老覺得背後有東西在看我。」闞琳流露出害怕的表情：「妳哪天開始上班的？」

「昨天。」

「昨天剛來就讓妳到大廳工作，小雨，妳不覺得奇怪嗎？」

「我應該奇怪嗎？」歐陽雨不明所以的反問。

「妳是不清楚前因後果。」闞琳乾笑兩聲：「大廳工作其實很簡單，無非是接待賓客，辦理手續罷了。可一直跟我在一起值班的女同事，昨天突然失蹤了。所以經理才會找妳頂班！」

「失蹤？」歐陽雨皺了皺眉。

「對啊，莫名其妙的就失蹤了。據說跟她一起住的另外三個女孩出門時還見到她在床上呼呼大睡。外邊的監視器也沒有拍到她出去的影像，可那傢伙確實就這麼不見了蹤影，怎麼也找不到。」闞琳十分八卦地說：「酒店報了警，據說警方也沒發現任何線索。那女孩彷彿氣化了似的，人間蒸發。幸好妳來了，不然我還真不敢一個人值班！」

歐陽雨不知道該如何反應，她本人對鬼神的說法，實在沒什麼好奇心，「可我覺得妳一點都不害怕。」

「當然怕啊，怕得要死。」關琳縮了縮脖子：「昨天失蹤的女孩已經不是第一個了，酒店裡經常有人突然消失，幾天後又突然出現，而且完全沒有失蹤那幾天的記憶。還有人前一刻還好好的，下一秒便精神崩潰，自殺了。」

「妳是說酒店裡死過人？」歐陽雨愣了愣。

「自殺了不止一個，那些失蹤的人裡，有酒店服務員，也有客人。有些還能回來，有些至今都沒有找到，生不見人死不見屍，不明不白。當然，這些都有瞞著來往的客人，所以說這裡還是會有人住店泡溫泉。」

「那妳為什麼不辭職？」歐陽雨奇怪地問。

「我需要錢。江陽市不需要技能，薪水又高的工作，也只剩這家酒店的職位了。」關琳撇撇嘴：「不談我自己了，小雨，我說了那麼多，妳就不好奇這家酒店的歷史嗎？」

「不太好奇。」歐陽雨搖頭。

「切，妳這個人完全就沒有探究心理。真是，嘖嘖！」關琳突然住嘴了。大廳的旋轉門被人推動，有個穿著黑色衣服的男子走了進來。

這個男人很高，足足有兩百一，但是如竹竿般瘦長，彷彿碩大的黑色風衣裡只有一根懸吊的衣架支撐著。看得人悚得難受。男子俯視著歐陽雨，眼神直愣愣的，女孩被看得很不舒服，於是擠出公關笑容，問道：「這位先生，有什麼能為您服務的？」

「住店，444 房。」男人的聲音沙啞，猶如地獄深處傳來般。

音調傳入歐陽雨耳洞裡，令她起了一身雞皮疙瘩。她緩慢從電腦裡調出紀錄，不禁皺了下眉頭：「先生，很對不起，這裡沒有 444 號房間。」

男人的臉隱藏在風衣裡，看不清楚，但可以想像到他肯定是面無表情。他只是那麼靜靜地看著歐陽雨，什麼話也沒說。

「先生，這裡真沒有 444 號房。」歐陽雨突然感到有些害怕。

男子依然沒說一句話。

在一旁安安靜靜的關琳輕輕拉了拉她的衣角，在螢幕的某個位置點了一下，小聲道：「將這個房間安排給他。」

歐陽雨下意識地看了過去，關琳指的是別墅區的十四棟樓。這家酒店的等級很高，住宿規格也只有兩種，公寓式房和別墅房。公寓房是位於大廳樓後的一棟三層樓建築，跟普通的酒店房間沒什麼區別，一共 117 個房間。而別墅房就少了很多，只有二十一棟而已，住一晚的價格絕對不菲。

所以這裡，根本就不可能出現四樓四十四號房間。

歐陽雨被男人的眼神看得六神無主，她手忙腳亂的按照關琳的提醒，將十四棟的門禁卡拿了出來，「這是您要的14號房，請您將身分證拿出來交給我影印。」說這番話的時候，她的心跳得厲害，給顧客需求完全不同的房間，真的可以嗎？沒想到男子居然沒有反對，只是從懷裡掏出了一張身分證。歐陽雨急忙在電腦上查詢了一下，然後影印。她覺得這個男人的身分證破舊得厲害，而且有股說不出的不協調感。

「請問您是付現還是刷卡？」歐陽雨弄完手續，抬頭問。男子太高了，高得她仰起的頭很痛。

男人一聲不吭的又從包裡掏出厚厚一疊現金，放在了櫃檯上。歐陽雨一愣後，俐落地將需要的錢數出，才將門禁卡遞給了他：「祝您入住愉快。」

男子咧嘴笑了笑，露出滿口黑漆漆的牙齒。歐陽雨又被嚇了一大跳。等這古怪的男人離開大廳，身影完全消失不見後，她這才鬆了口氣，狂跳不已的心臟總算是舒緩了一些。

那男人太恐怖了，整個人給她的感覺，彷彿非人類似的。他看著她的眼神，沒有任何感情色彩。

歐陽雨轉頭正想跟關琳說些什麼，可是視線移動到自己同事剛才的位置時，才驚然發現，關琳不知何時已經離開了。

第二章

夢這種東西，很多人都認為是一種對未來的預言，雖然專家的觀點總是持否定態度。可是大部分人，仍然會因為當天的夢境而受到影響。

歐陽雨早上七點交班，財務部派人來清點了錢幣。眼尖的她發現一大堆紅色鈔票中居然夾雜著十多張不太和諧的紙幣。定睛一看，女孩臉色煞白。那竟然是冥鈔！

她渾身都在發抖，實在想不明白冥鈔是什麼時候放進收銀機中的。昨天接手櫃檯時她明明還特意檢查過，如果冥鈔真的是因為自己的失誤而混入的，問題就大條了。輕則罰款，重則開除，酒店說不定還會報警。

歐陽雨越想越怕，可財務員卻對那些冥鈔視若無睹。這個三十多歲的女人核對了紀錄，然後將冥鈔挑出來，示意歐陽雨可以下班了。不經意間看到她愕然發呆的模樣，這女人笑得很無奈，語氣也很有些深意：「聽說妳是剛來的？」

「昨天才來。」歐陽雨行屍走肉般下意識回答。

財務拍了拍她的肩膀：「習慣了就好。」

什麼叫習慣了就好？歐陽雨完全不能理解這句話的含義。這女人看冥鈔的表情彷彿已經極為習慣了。難道附近經常有人將冥鈔混在錢幣裡付帳？可真是如此的話，酒店方面早就應該警覺才對，財務為什麼會不慍不火。

早晨八點半，歐陽雨簡單洗漱了一下，倒在床上迅速睡著了。值夜班會讓人的生理時鐘變得混亂，一向不太做夢的她一整天都噩夢不斷。她不斷夢到昨晚的黑衣人，他用那雙冰冷的眸子看她，恐懼不斷地在內心深處積累，凍徹心腑。

在第十三次夢到黑衣人時，歐陽雨終於掙扎著醒來，坐直身體，心臟狂跳不止。她不停地喘著粗氣，彷彿有什麼東西從四面八方擠壓她，令她無法呼吸。歐陽雨睜開眼睛，陽光從窗外照射進來，腳邊甚至還趴伏著一束金色日耀。

江陽市的春天不會太冷，可歐陽雨卻驚訝的發現，宿舍裡的溫度驚人的冰，冷到就連呼出來的熱氣也以肉眼能見，一大片白濛濛的，猶如雲霧。她用手摟了摟裸露的胳膊，用冷到發抖的手拿起手機看了一眼，下午三點一刻。

起床，腳踩到地板時，身上的冷意莫名其妙的消失得無影無蹤，溫暖的感覺猛地洋溢在皮膚的每一吋上。歐陽雨被突如其來的溫差弄得手足無措，她在原地呆了半晌，這才撓撓腦袋，打量起周圍的環境。

宿舍的其餘三個室友至今還沒有見過，床上的被子折疊得整整齊齊，跟昨天她剛到酒店時一模一樣。應該沒人睡過。可經理確實有說自己跟其她三個女孩同住。難道她們放假了？

稍微收拾了一下，歐陽雨推門走出宿舍。她在酒店裡到處逛了逛，熟悉環境。本草國際溫泉酒店不愧為四星級，佔地寬廣，雖然缺少人氣，但園林景觀和建築都修建得很精緻。蜿蜒在古樹下的人行小道、人工的濕地和四處都綻放的花朵，給人一種美輪美奐的感覺。

但不知為何，歐陽雨老覺得有一雙眼睛在背後偷窺她。好幾次轉頭回望，除了風吹動樹葉外，什麼東西也沒有看到。她搖了搖腦袋，沒有太在意。

員工宿舍和酒店區域被厚厚的綠化帶隔開，只有一條小路能夠通行。一到晚上那條路就顯得陰森森的，而且路燈也很黯淡。就算白天走在這條路上，也有毛骨悚然的不舒服感。歐陽雨順著小路回到宿舍，換了制服後，到餐廳吃了晚飯。

她心知肚明，今天人事部一整天都沒有打電話來，想來自己還是值夜班的命。果然，晚上九點經理又將她叫到了大廳值班。這次辦公臺後邊空蕩蕩的，誰也不在。

「關琳呢？她怎麼沒來？」歐陽雨奇怪地問。

「關琳？」年輕的經理臉上閃過一絲慌張：「妳怎麼知道這個名字？」

「昨天她還跟我一起值班呢。」女孩眨巴著眼睛。

「怎麼可能！」經理臉色大變：「妳在耍我嗎？昨晚值班的，明明只有妳一個！」

「可昨晚那個關琳真的比我先一步在櫃檯後邊，當時你也在。」歐陽雨心裡有些發顫，她不明白經理在搞什麼鬼。

「不可能，絕對不可能。」經理的臉慘白得嚇人：「我昨天交代給妳的時候，大廳根本就沒有人。不然也不會急急忙忙找妳來櫃檯工作了！」

說完，他也沒有再多做解釋，一副見鬼的心驚膽寒模樣，急匆匆的離開。

空蕩蕩的大廳裡只剩下歐陽雨一個人傻站著，她看著被燈光照耀得金碧輝煌、明亮如鏡的地面，一時間不知道該做些什麼。

看經理的表情不像是在作假，而且他也沒有騙自己的必要。如果關琳昨晚真的沒有值班，而整晚在大廳的只有她自己的話，那那個關琳究竟是誰？她到底存不存在？是誰陪了她大半夜？

歐陽雨很清楚自己絕對沒有妄想症，小時候也沒有幻想過「看不到的朋友」這類古怪行為。甚至，她至今都對關琳這女孩的音容相貌記憶猶新。

只是那個黑衣人，她反而記不得樣子，就連他那張身分證也記不清了。雖然還殘留著隱約的印象，似乎很老舊。不過再回憶身分證上的名字和照片，卻無論怎樣都想不起來。歐陽雨一向對自己的記憶力很自豪，看過的東西雖然不能說是過目不忘，可記個八九不離十還是能做到。

可，那個黑衣男子，他的人和他的身分證，在歐陽雨的記憶裡猶如隔著無數塊玻璃的模糊陰影，不但看不清，而且還在不斷的消散。到現在，似乎也只是隱約有個很高很瘦的概念罷了。

這簡直就是極為不正常的現象。

歐陽雨有些害怕，她縮頭縮腦的走到櫃檯後邊，一邊值班一邊後悔。或許自己，真的不該到這家酒店應徵。雖然不是本地人，可來的時候就先調查過。當地人對酒店諱莫如深，不肯多說，但是每每提及時，多數人都會勸說自己不要來這兒工作。

但歐陽雨卻有不得不來的理由。

她對昨晚的事越想越是想不通，無論是從道理常理生理還是從定理的角度上來講，都很難解釋。跟自己一起值班的關琳，經理矢口否認了她的存在。那個古怪黑衣人，居然要444號房。現在回頭一思忖，尋常旅客一般都很少提具體的要求，更遑論明確的要某個房間。

可黑衣人卻顛覆了常識。

在櫃檯後邊的歐陽雨突然驚醒過來，她飛快地從抽屜裡拿出一疊資料。這是酒店客人辦理入住時填寫的，平常都會在櫃檯保留半個月，才會被行政處處理掉。

很快歐陽雨就找到了昨晚的部分。她還清楚地記得，昨夜一共只有三位旅客來住宿。黑衣人是第一位。

她將資料翻到黑衣人登記的位置，只看了一眼，整個人頓時呆若木雞。只見身分證影本的位置，什麼都沒有，根本只是一張白紙。而資料欄中，填寫的顧客名字和身分證號碼……等等資訊，雖然確實是她的筆跡，可就連她也無法分辨出自己究竟寫得是些什麼東西，歪歪扭扭的，像是鬼畫符。

歐陽雨完全沒有寫這些東西的印象，況且這些筆跡凌亂的鬼畫符，就算讓她頭腦清晰正常時重新寫一次，她也絕對沒辦法做到。

黑衣人的資料，跟早晨收銀機裡出現的十多張冥鈔一般，都帶著深深詭異。她打了個冷顫，遲疑了一下，又打開了昨晚大廳的監視器畫面。歐陽雨想搞清楚，關琳究竟是不是真的不存在！

大廳的電腦裡能夠調用的紀錄只有兩種，一種是旋轉門前的攝影機拍下的。另一組鏡頭安裝的位置，正好在櫃檯上方，能夠監控櫃檯裡外的員工和顧客。

歐陽雨將監視紀錄調到昨晚凌晨三點半，她上班的時間。畫面中，經理聒噪的對自己解釋著工作流程，對於有工作經驗的自己而言，這些東西都不難理解。不過年輕經理確實沒有朝櫃檯看過一眼，臉上焦急的神色也不像作假。

再看另一組畫面，頓時，她本來還忐忑不安的心猛地輕鬆了很多。監視器拍到了關琳，她無聊地站在櫃檯後，雖然看不清楚臉，可歐陽雨還是能分辨出她的身形。而且，她站的位置很巧妙，正好是經理視線的死角。

如果關琳不是人的話，應該不會被監視器拍下來吧。歐陽雨自我安慰道。可確定了關琳確實存在後，又一個問題便來了。她究竟是誰？為什麼就連經理也不知道她？還是說，她根本就不是這裡的員工？

微微思忖了片刻，歐陽雨在櫃檯下方翻找一番，終於將員工值班表找了出來。這個本子又厚又重，足足有五百多頁。上邊記載了酒店從開業到現在，所有櫃檯員工的值班紀錄。

歐陽雨細細的翻看著，花了半個小時，才找到關琳這個名字。她於去年五月十九日開始上班，十月十一日就再也沒見過她簽到。不知是離職還是另有原因。

正在她找得很起勁時，突然有雙手搭在了肩膀上，有個好聽而且熟悉的聲音猛地傳入了耳道：「咦，妳在看什麼？」

第三章

歐陽雨被嚇了一大跳，心臟幾乎都快要跳出了胸腔。

只見自稱關琳的女孩不知從哪裡冒了出來，正一邊親暱的用手勾住自己的肩膀，一邊好奇的看著她面前的值班表。

「沒，沒什麼！」歐陽雨心虛地將值班表合攏，她實在不知道該怎麼面對眼前的女孩。照理說，這個關琳應該從去年十月起就沒有在這家酒店上班了，可她如今，為什麼又回來？而且，就連經理也不知道她的存在？

「嗯，看來妳已經知道了。」關琳觀察著她，上上下下地將她打量了一遍又一遍。歐陽雨突然發現，這個關琳其實很漂亮，比她見過的所有女人都漂亮，氣質和臉龐的精緻程度甚至不輸大部分的明星。

但她現在看著自己的眼神，卻讓歐陽雨有些毛骨悚然。因為她的嘴角帶著的淺笑，似乎全是促狹以及某種說不清道不明的感情色彩。雖說沒有惡意，卻令人十分不舒服。

「妳究竟是誰？」歐陽雨警覺地問。

「我？」自稱關琳的女孩意味深長地摸了摸下巴：「這個解釋起來又長又複雜，還是不浪費口水了。」

「那妳接近我究竟有什麼目的？」她瞪著女孩看。

「沒目的啊，就算有，也不會害妳。」女孩拍了拍她的肩膀：「其實真正有目的的人，是妳才對吧？」

歐陽雨皺著眉頭，臉色變得有些難看：「妳是什麼意思！」

「大家心知肚明就好，妳做妳的，我做我的，互不干擾。放心，我確實對妳的事不感興趣。」女孩笑得很美，不過亮晶晶的眸子裡全是透入骨髓的逼人視線，刺得她坐立不安。就彷彿自己的隱私在她面前全都是個笑話。

「那，妳至少告訴我妳的真名。」歐陽雨妥協了。

「我不是昨天就告訴過妳嗎？」女孩瞇著眼。

「妳絕對不是關琳。」

「喔，為什麼這麼肯定？」女孩托著下巴，一副好奇模樣。

「直覺。」歐陽雨用斬釘截鐵的語氣說出這兩個不可靠的字。

「唉，真是被妳打敗了。妳還真以為女人的第六感在哪裡都實用咧。」女孩無奈地嘟著嘴：「好吧，告訴妳真名也無所謂，我叫趙蘊含。」

「趙韻含？滿好聽的名字。」歐陽雨點點頭，不再作聲。

「麻煩妳能不能不要那麼酷，別人看到了還以為全世界都欠妳幾百萬呢。」趙韻含伸出手去拉她的臉頰。

歐陽雨將她的手拍開了，掏出手機看起小說來。趙韻含滿臉委屈，也乾脆地做起自己的事情。她手裡變戲法似的掏出一個像司南的儀器，看起來十分古老，青銅表面甚至還長滿了一層擦不乾淨的銅鏽。那玩意兒很古怪，勺子尾部不停地變換方位，趙韻含也跟著司南指示的方向在大廳裡走來走去。

「難道沒在這裡？」她折騰了好幾個小時，最後停下腳步，小聲地咕噥了一句。

「妳在找東西？」歐陽雨抬頭，好奇問道。

「我為什麼要告訴妳？」趙韻含將司南放在櫃檯上，一副鬧彆扭的模樣。

「不告訴我拉倒，總之我也不是真的想知道。」歐陽雨聳聳肩膀，移開視線。不過在移開眼神的瞬間，還是趁機將那個疑似司南的古物看了個清楚。

那玩意兒跟電視和博物館中的「司南」並不相同，應該說看起來複雜得多。古代人製造司南，是為了辨別方向，所以用天然磁鐵礦石琢成一個杓形的模樣，放在一個光滑的盤上，盤上刻著方位，利用磁鐵指南的作用，用來充當指南針的作用。可以說是現在所用指南針的始祖。

但放在櫃檯上的東西，雖然跟「司南」模樣很相似，但盤子卻是用青銅做的。上邊的杓是一塊實心的金屬塊，通體黑色，但裡邊又夾雜著銀色物質，很難分辨出究竟是什麼金屬。最主要的是，盤子表面刻畫著極為玄妙的符號和橫線，歐陽雨根本看不懂。

平放著的杓在光滑的盤子上直到現在還如有生命般不停地轉來轉去，一會兒向左一會兒向右，有時甚至尾部還會稍微翹起。歐陽雨有些搞不懂它究竟是在幹什麼！

「這個司南是電動的嗎？」猶豫了一下，歐陽雨忍不住又問。

正在喝水的趙韻含「噗」的一聲將嘴裡的茶水噴得到處都是，她像是聽到了什麼好笑的事，笑得前俯後仰，好久都沒順過氣來：「妳，妳不會以為這是地攤上買的玩具吧？」

又笑了一陣子，女孩這才使勁捶著高聳的胸口：「要是聽到妳這句話，不知道有多少人會被氣死。特別是夜不語那小混蛋，他家的守護女找這東西已經不知道找了多久了，嘿嘿，如果有人知道東西在我手裡，肯定會前仆後繼地殺我滅口。」

歐陽雨目瞪口呆，她沒想到自己隨便說的一句話居然讓眼前的女孩滋生出那麼多感慨。而且話還朝著越來越詭異的程度發展，夜不語是誰？守護女又是什麼玩意兒？她完全沒搞懂。

「這東西很值錢？」她左看右看，都覺得眼前的司南除了古舊了一點，那個杓轉來轉去有些令人頭昏眼花外，就看不出任何值錢的地方。難道是古董？

「值錢？這個古物可不是用錢能衡量的，說了妳也不懂。」趙韻含將司南收起來，看了看大廳的鐘，「時間不早了，先溜了，明晚見。」

「妳還來，真不怕被酒店的人抓到？」歐陽雨有些無語，自己想進酒店，都是戰戰兢兢、小心翼翼的混成員工，這位趙美女倒好，大大方方的暴露在監視器下，而且還沒人找她麻煩。光這份膽識就不是自己能比的。

話說，她究竟在找什麼東西呢？

歐陽雨是真的很好奇。

一連幾天，兩人都這麼古怪又融洽地相處著。歐陽雨值夜班，趙韻含就會準時在凌晨三點過後出現，她試著問了問酒店別的員工，可沒有人注意到趙韻含的存在，哪怕那女孩就站在不遠處，經理等人也彷彿沒看到她一般。

如果不是能在監視器中看到她，歐陽雨幾乎都懷疑趙韻含是不是鬼了！女孩每晚都在酒店裡上躥下跳的找著什麼，歐陽雨也顧不上管她，只是默默地調查一些東西，畢竟她來這間酒店，本來就是為了這個目的。

時間一點一滴的流逝，很快，歐陽雨就在本草國際溫泉酒店上足六天班了。全是夜班，經理也沒有調人來換班的意思。每天日夜顛倒雖然讓她有些不舒服，但她也樂在其中，清閒又有大把時間用來調查自己想辦的事。只不過，自從來了這裡後，每天睡著後都是噩夢連連。更令人羞恥的是，每次噩夢後，歐陽雨發現自己竟然高潮了。

這令她十分的惶恐，她完全不知道自己的身體出了什麼狀況。

第七天，趙韻含比平時晚到了半個小時。歐陽雨像往常一樣沒理會她，可趙韻含看到她的瞬間，卻臉色一變。猛地抓住她的右手，抬起來，看了一眼。

就是這一眼，平常都嬉笑連連、玩世不恭的俏臉，這時顯得無比嚴肅。

「妳有麻煩了。」女孩一字一句的緩緩道，非常認真，「大麻煩！」

「什麼麻煩？」歐陽雨有些疑惑。

「妳被詛咒了！」

「詛，詛，詛咒？」歐陽雨結巴了半天，瞪大眼睛：「妳在說中國話嗎？我怎麼可能被詛咒？而且，世界上哪有詛咒這種東西，又不是在拍恐怖電影。」

「妳自己看看右手的袖子。」趙韻含皺了下眉頭。

歐陽雨下意識的看過去，右手黑色小西裝的袖口本來有兩個釦子，不知何時掉了一顆：「不過是掉了一顆釦子而已，這就算被詛咒了？」

「妳再仔細看看，妳那顆釦子是被人故意扯掉的。」趙韻含指著袖口暴線的地方，隨手拿過櫃檯上的剪刀，又道：「還不信的話，用剪刀把袖子割開，看看裡邊有沒有奇怪的玩意兒。」

歐陽雨沒有接過剪刀，只是隔著布料用左手摸了摸袖子裡是否有異物。沒多久，她居然摸到了一塊手感很硬的東西。遲疑片刻，她終於拿起剪刀，將小西裝的袖子剪開一層，伸手在夾層裡摸索起來。沒過幾秒鐘，手指便觸摸到一塊冰冷的、有韌性的東西，表面像絲綢般光滑細嫩。

將其掏了出來，她「哇」的大叫一聲，覺得噁心的飛快將那東西扔到櫃檯上。

那是一塊不知什麼動物的皮膚，光滑、毛孔細密、沒有任何毛髮，但是卻冷得驚人，放在手裡就像是一塊寒冰。這張皮只有半個手掌大小，上邊用朱紅色的染料畫了一些稀奇古怪、很難看懂的文字。看起來，就像是香港電影中驅鬼的符文。

趙韻含看著這塊皮，遲遲沒有作聲，只是用剪刀將這塊皮在櫃檯桌面上撥來撥去，臉上留露出意味深長的表情。

「這東西究竟是什麼？」歐陽雨嚇得不輕，究竟是誰，什麼時候將皮塞進自己的小西裝裡的？為什麼一點端倪也沒有？

「妳知道這是什麼皮嗎？」趙韻含突然抬頭問。

「不，不會是人皮吧？」歐陽雨突然想起了許多恐怖片中都會描述的劇情。

「哇，妳的想像力真豐富，怎麼可能是人皮！」女孩笑著搖搖頭。

歐陽雨咬著嘴唇：「不要打啞謎了，快告訴我！」

女孩再次笑而不答，思緒跳躍得令人抓狂，「妳知道這間酒店的歷史嗎？」

「不清楚。」歐陽雨焦急地搖頭，她壓根兒就對這間酒店不感興趣。

「要想知道這是什麼皮，就要搞清楚這家酒店建在什麼地方上。」趙韻含緩緩的伸出手指，點在了桌面的那張又古怪又噁心的動物皮上。

「這間酒店的位置，曾經是火葬場。」

「這個我知道。」歐陽雨點頭，她來之前就有過調查。

「不過在火葬場之前，妳知道這裡是什麼地方嗎？」趙韻含又問。

女孩搖頭。

趙韻含笑著道：「是個亂葬崗。也是江陽市附近最出名的鬼地。對了，妳最近是不是經常做噩夢？還有，噩夢做完後，是不是會高潮？」

「妳！」歐陽雨全身都抖了抖，她快要被眼前女孩完全沒有軌跡可循的談話方式弄到發飆了。

「告訴我，這很重要。」趙韻含很認真。

「……有。」女孩低下頭，滿臉羞紅。

「果然如此，我要找的東西肯定就在這裡。」趙韻含一副「果然如此」的表情，輕輕拍了拍她的肩膀：「我們現在是同一戰線了。對妳下詛咒的人，手裡的東西正是我要的。看來幫妳，也等於幫了我自己。」

「妳到底在找什麼？」歐陽雨問。

「說了妳也不懂。妳只要知道，自己只剩下兩天的命就夠了。」

「我只能活兩天了？」歐陽雨被嚇了一大跳。

「沒錯，再做兩天噩夢，妳的精氣神就會被那東西吸走。我也救不了妳！」趙韻含點點頭。

「這皮膚是怎麼回事？」歐陽雨整張臉都變得煞白起來，她不知道自己該不該信。可直覺告訴她，眼前女孩並沒有撒謊。

「這是那東西脫下來的皮，妳可以把它當作一種類似GPS的終端。只要將這塊皮放在人的身上，那東西就會找過去，奪取目標的命。」趙韻含說。

「妳說的東西太靈異了，我真的還在地球嗎？」歐陽雨嘆口氣，想要吐槽，卻敗給了內心的恐懼。

張蘊含拍了拍她的肩膀：「歡迎來到我的世界，這一次總算搶到了夜不語的前頭，總算能開張了。」

歐陽雨皺了下眉：「妳嘴裡常提到的夜不語，究竟是誰？」

「一個討厭的傢伙，幸好妳是遇到了我，如果是他來了的話。可能不但心被偷走，就連命也保不住。」張蘊含笑得很賊。

「他有那麼可怕？」歐陽雨的臉色更白了。

「少女，他比妳想的更可怕。」趙韻含的笑意完全沒辦法遮蓋，女孩頓時恍然大悟，一臉惱怒：「妳在耍我？」

「當然沒有，我說得很認真。」趙韻含停住笑，漂亮的眼睛精光四射：「還是來繼續跟妳解釋一下吧。剛才就說了這家酒店最開始時是亂葬崗，鬧鬼鬧得很嚴重。當然，世界上有沒有鬼，值得商榷。但是二十三年前，改建成火葬場的時候，工人卻在亂葬崗中挖出了一座奇怪的古墓。」

「亂葬崗裡古墓多了去，有什麼好值得奇怪的！」歐陽雨撇撇嘴。

「這座古墓不一樣，地下空間大得嚇人。施工部門立刻叫來市考古隊，大概來了十多個考古專家，連帶著二十多個本地工人。他們用繩索下到墓底下，據說那墓足足有十三公尺高，內部空蕩蕩的，就連手電筒都照射不到盡頭。至於在裡邊發生了什麼，至今也沒人清楚。總之接近四十多人的考古隊，只有一個人活著出來了。就連那個人，也沒說幾句清楚的話，便瘋了。

「同事將倖存的那人送進醫院，可只過了八天，那人居然死在了病床上，死時的模樣十分可怖，猶如乾屍一般，像是有什麼東西吸光了他身上的所有血液和營養成分。而事後，這位倖存者的衣物裡，就找到了類似的皮。」

趙韻含一邊說，一邊看了櫃檯上的怪皮一眼。歐陽雨不由得打了個寒顫。

「妳很害怕？」趙韻含嘴角含笑，明知故問。

「廢話。」女孩狠狠瞪了她一眼。

「後邊的事會讓妳更怕。」她聳聳肩膀，繼續講：「不久後，市政府又派了一支考古隊下去，這次足足有九十多人。還好這次沒有人死，可誰也沒找到上一批考古人員的任何一具屍體。他們在古墓的最深處找來找去，並沒有找到陪葬物，也沒有能夠標示和辨別古墓年代的一切文字和圖像。墓的最深處，只有一個高大的五公尺石碑，石碑上用小篆刻著一個碩大的『陳』字。

「一口黑漆漆的棺材放在石碑後邊，棺材蓋已經被打開了，裡邊空無一物。不知是什麼木頭製成的棺材至今沒有腐爛的跡象，只是臭不可聞。考古隊費了很大的力氣將石碑和空棺材抬走，放入了市博物館收藏。而這個龐大的古墓隨後被填平，修建起火葬場。不過火葬場開業沒多久，就有員工陸續離奇死亡。死時的模樣無一不是被什麼東西吸成了乾屍。火葬場中有詛咒的傳言立刻傳遍了附近，所有人都人心惶惶，大量員工離職。不過一年半而已，斥鉅資修建的火葬場便廢棄，當地人沒有人敢到這裡來，就連原本住在周圍的居民也相繼搬走。

「廢棄了二十多年，直到偶然發現溫泉，這裡被一個新加坡人買下建了這座四星級酒店，不過偶有人失蹤的情況，依舊在發生，只是被酒店高層壓了下來而已。」趙韻含大有深意的看著面前的歐陽雨：「妳潛入這家酒店的目的，不會恰好是很俗爛的有某個重要的親人失蹤了吧？」

「是我姐姐，親姐姐。」歐陽雨沒有否定，臉上又恐懼又擔憂。聽完趙韻含講述的前因後果，她的心裡有了一絲不好的預感。

「不用找了，如果她是在這家酒店失蹤的，又沒有回家的話，十之八九已經死了。」趙韻含直接下了死亡定言。

「不可能！」歐陽雨全身都在顫抖，淚水不停地往眼眶外流。

「妳還是擔心一下妳自己吧。」趙韻含沒安慰她，任她哭了一陣子，這才緩緩道：「畢竟妳只剩兩天的生命了。」

歐陽雨看著櫃檯上古怪的皮，抹乾眼淚，突然說：「既然妳說這張皮在詛咒中有定位的作用，那將它扔掉呢？那東西不就找不到我了！」

「如果早幾天，還有一絲可能。現在已經晚了。我在這家酒店潛伏了一年，每次想抓那玩意兒，都在最後一步功虧一簣。這次總算讓我找到了對付它的好東西，很有把握。」趙韻含用黑漆漆的漂亮眼睛盯著她：「就看妳配合得好不好了。」

「配合得好，我就能活嗎？」

「沒錯。」趙韻含點點頭。

「可，我該相信妳嗎？」歐陽雨猶豫道：「一切都是妳在說。雖然那張皮有些古怪，我確實一直在做噩夢，而且噩夢後會高潮。但是，誰知道妳是不是在說謊？畢竟妳講的東西，實在太離奇了，比恐怖電影都難以令我接受。」

「我不在乎妳信不信我，只想問妳，願不願意賭一把？」趙韻含滿不在乎地問。

女孩看著桌面那詭異的皮，喉嚨動了動，終於嘆了口氣：「我賭！」

是啊，沒有人不怕死，歐陽雨也不例外。姐姐，或許真的像眼前這位絕麗女孩說的那樣，已經永遠找不回來。她不能死，死了以後，父母和姐姐留下的兒子，誰來照顧？

歐陽雨，真的無法想像，自己死了，她的家會糟糕成什麼樣！

「很好，要的就是這副堅定的表情。」趙韻含滿意地點點頭，她從包裡掏出一個拳頭大小的囊狀物，遞給歐陽雨：「拿去，睡覺的時候掛在床頭上。」

「這又是什麼東西？」歐陽雨遲疑了一下。她上下打量著這個青囊，很古老，破破爛爛的，像是個不規則的皮球，用力捏也捏不出究竟是什麼材質。青囊看起來已經有很多年歷史了，很骯髒，裡邊似乎還裝著什麼，用手一搖，頓時發出「哐噹噹」的金屬撞擊聲。

最奇怪的是，這個拳頭大的青囊居然恍如一體，沒有開口的地方，也不知道裡邊的金屬是怎麼裝進去的。

「這可是好東西，有錢都買不到。」趙韻含神秘兮兮地說：「有沒有看過《倩女幽魂》？」

歐陽雨點頭。

「那看過《聊齋》這本書嗎？《倩女幽魂》來自《聊齋》中的〈聶小倩〉，講述的故事也跟電影大相逕庭。原文中，燕赤霞給過寧采臣一個劍囊保平安，最後就是那個劍囊殺掉了千年樹妖。」趙韻含越講越玄乎。

「這跟妳給我的青囊有關係嗎？」女孩迷惑不解。

「有，當然有！」趙韻含笑了：「妳手裡的青囊，就是跟《聶小倩》中的劍囊，屬於同一類東西。」

歐陽雨一驚，險些將手裡的青囊扔在地上：「妳騙我，世上哪有那麼多奇怪玩意兒。」

「美女，相信我，這個世界遠比妳用肉眼看到的複雜得多。妳最近遇到的事情或許已經超出妳的想像力之外幾萬公里遠，可是對我這類人而言，不過是冰山一角罷了。」趙韻含說著伸了個懶腰：「走了，天亮後，我會在妳附近保護妳。加油哦，我看好妳！」

說完還沒等歐陽雨反應過來，她已經走出了大廳。

女孩手裡緊緊抓著青囊，一時間思緒萬千，腦袋更是亂得難以形容。很快，令人煎熬的一夜就過去了，朝陽普灑在大地上，帶來了暖意和光明。

可歐陽雨的心，卻如沉進了馬里亞納海溝。自己，真的只剩下兩天的命了嗎？她半信半疑，總之先按照那個神秘女孩所說，賭一把吧。

就算是被騙了也無所謂，至少，自己並不會失去什麼。

希望如此吧！

女孩看著透入落地玻璃的陽光，擔憂地嘆了口氣。

尾聲

換班後，歐陽雨去餐廳吃了早飯，看看手錶，早上九點半。睏意早已經像蛇一般將自己裡外捆得結結實實，她恨不得爬到床上好好睡一覺。睡前，女孩將趙韻含給的青囊掛在床頭，然後身體就彷彿失重似的，頭部一挨著枕頭，就昏沉沉的睡著了。

冷，無窮無盡的冷意緊緊糾纏著她。她又做了噩夢，她夢到姐姐被什麼東西吞下了肚子，在那黑漆漆的有如雲霧般邪惡的怪物肚子裡淒厲地叫喚著自己的名字。

那怪物的模樣，歐陽雨始終看不清楚。沒過多久，那個要 444 號房的黑衣人再次闖入夢中，他用不帶任何感情色彩的眸子看著她，死死地看著她。

在那股視線下，她覺得身體一陣痙攣，有股快感莫名其妙的湧上了自己所有的感官和神經。

就在這時，一陣輕響猛地響徹了歐陽雨的精神世界。黑衣男子倉皇地跳起，瞬間不見了蹤影。女孩醒了，她艱難的撐起厚厚的眼皮，從眼隙中隱約能看到有什麼通體漆黑的東西趴伏在床頭，抓住自己的一把頭髮，用力地含在嘴裡吮吸。

床頭的青囊發出一陣又一陣的輕響。終於，看似無縫的青囊猛地裂開，有一件泛著綠光的物件帶著長長的殘影飛出，快得用肉眼難以捕捉。那綠色物件彷彿一匹綢子似的，用力撞在黑影上，無聲無息，但黑影彷彿受到了重創似的，發出了刺耳的尖叫聲。

綠色物件在黑影身上穿過，又「哐噹」一聲飛回了青囊裡。青囊合攏，依舊是沒有任何縫隙。

說時遲那時快，又一個人影踢開門，從門外竄了進來。歐陽雨好不容易才看清楚，來人居然是神秘女趙韻含。她的身手敏捷得不像人類，將手裡的東西向空中一揚，有個網狀物立刻便鋪滿了方圓五平方公尺的空間。

背對著陽光，細密的網反射著奇異的光澤，將黑影網了個正著。那黑影在網裡不斷地掙扎，過了好半晌才逐漸不再動彈。趙韻含笑咪咪的走到青囊前，不知用什麼手法將其打開，掏出了內部那綠油油的物體，湊到鼻子前聞了聞。

歐陽雨睜大眼睛，原來青囊內有一把手指大小的短劍。短劍的造型很新穎，像是一片韭菜葉子。

一聞之下，趙韻含一直都冷靜的臉色頓時大變。她黑著表情，收起網，只見一個穿著西裝的人露了出來。說是人，不如說是屍體。因為地上的人已經沒有了氣息，臉上甚至有迅速腐爛的跡象。

完全不知道死了多久。

歐陽雨看到地上的屍體，沒睡醒的臉也嚇得扭曲了。他居然是酒店那位年輕帥氣，屬於自己頂頭上司的人事部經理。昨天自己都還跟他聊天過。可看屍體的腐爛程度，這位年輕帥氣的經理絕對死了半個月以上，甚至更長。

難道一直以來安排工作給自己的，居然是一個死人？歐陽雨心亂如麻，全身顫抖得厲害。

趙韻含看了歐陽雨一眼，眼中全是抱歉，「對不起，我沒能將那東西抓住，也沒有救到妳。」

「妳在開什麼玩笑，我不是活得好好的嗎？」歐陽雨疑惑地想要坐起身體，可她突然發覺自己所有的肌肉和骨骼都沒有絲毫的力氣。

趙美女嘆了口氣，拿過一面鏡子放在她眼前，「妳自己看。」

歐陽雨用盡力氣，總算看到了鏡中的自己。不，那絕對不是她本人，鏡子裡倒映著一個八十多歲的老嫗，容貌乾枯，皮膚乾癟，頭髮稀落落的如同火燒過的荒原。

「這不是我！這不是我！」歐陽雨激動地一把抓住了趙韻含的手腕，撕心裂肺的尖吼著。

「對不起。」趙韻含苦澀的笑了笑，沒有再多話。

歐陽雨想要罵髒話，卻實在提不起力氣。她感覺生命在流逝，就連呼吸都變成了一種奢侈。她瞪大耷拉的雙眼，狠狠地瞪著趙韻含看，彷彿是想要詛咒她，直到生命的最後一刻。

房間。

過了許久，趙韻含才將她樹枝般的手掰開，在她死不瞑目的眼皮上一抹，離開了陽光照射在酒店的建築上，拖著長長的陰影。沒有人知道本草國際溫泉酒店裡的陰暗面。更沒人知道，每天午夜三點，都會有一個漂亮的年輕女孩，手捧著像司南一樣的古怪玩意兒，在酒店中到處尋找著某樣東西。

又是一天朝陽升起，夕陽落下。凌晨四點，酒店人事部經理帶著一個三十多歲的女性走進了大廳，安排她在櫃檯值夜班。

櫃檯後，趙韻含笑容可掬的衝這位女性友善的伸出了手：「太好了，終於有人陪我值夜班了。妳好，我叫歐陽雨。妳叫什麼名字？」

「很高興認識妳，我叫趙韻含。」三十歲的女人笑咪咪地跟她握手。

自稱歐陽雨的趙韻含一愣，警覺道：「這不是真名吧？」

「妳說呢？」自稱趙韻含的女人神秘地笑了。

夜不語作品 15

夜不語詭秘檔案 104：腳朝門

國家圖書館出版品預行編目資料

夜不語詭秘檔案104：腳朝門 ／ 夜不語 著.
一 初版. 一 臺北市：春天出版國際， 2017.03
面； 公分. 一（夜不語作品；15）
ISBN 978-986-94449-2-7（平裝）
857.7 106002098

ISBN 978-986-94449-2-7
Printed in Taiwan

作者	夜不語
封面繪圖	Kanariya
總編輯	莊宜勳
主編	鍾靈
美術設計	三石設計
出版者	春天出版國際文化有限公司
地址	台北市信義區信義路四段458號3樓
電話	02-7718-0898
傳真	02-7718-2388
E-mail	story@bookspring.com.tw
網址	http://www.bookspring.com.tw
部落格	http://blog.pixnet.net/bookspring
郵政帳號	19705538
戶名	春天出版國際文化有限公司
法律顧問	蕭顯忠律師事務所
出版日期	二〇一七年三月初版
定價	170元
總經銷	楨德圖書事業有限公司
地址	新北市新店區寶興路45巷6弄6號5樓
電話	02-8919-3186
傳真	02-8914-5524

夜不語
詭秘檔案

夜不語
詭秘檔案

夜不語
詭秘檔案

夜不語
詭秘檔案